이 책을 나와 함께 14년여 동안 형제의 연을 맺어온
조선족 영감 '한상렬韓祥烈'님께 바칩니다.

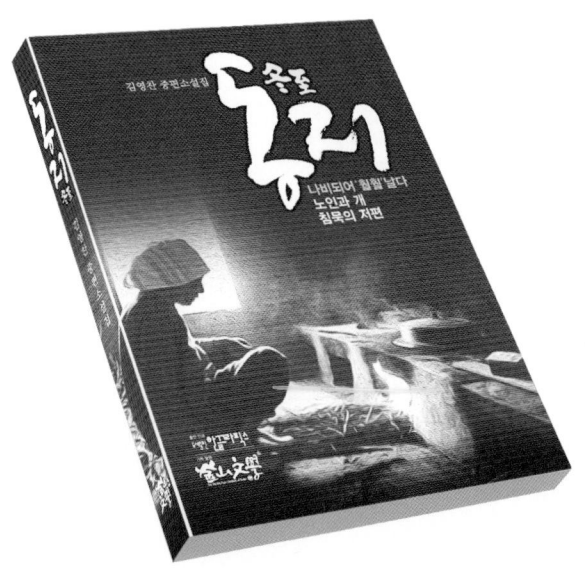

인간들이 결집結集하여 구축한 거대한 사회의 제도 안에서는 인간 개개인에게 제각기 짜여진 삶의 틀, 즉 운명運命이란 것이 강제로 주어지는데, 이 운명이란 것은 특출한 몇몇 사람들만 제외하고는 개개인이 어찌할 수 있는 성질의 것이 아니다.
어떤 이들은 태생부터 왕후장상의 품격品格을 이어받아 평생을 고귀하게 보내는가 하면, 또 어떤 이들은 버러지만도 못한 삶을 이어받아 철저히 소외되고 버림받는 한편 아주 하찮은 행복마저 타인에 의해 무참히 짓밟히고도 마치 운명처럼 받아들여야 한다는데 길들여져 있다.

목차

[머릿글] **흰소리** · *006*
[중편소설] **동지**冬至 · *009*
[중편소설] **나비되어 '훨훨' 날다** · *075*
[중편소설] **노인과 개** · *141*
[단편소설] **침묵의 저편** · *199*

흰소리

사람관계는 지극히 상대적이다. 예컨대 사람이 누군가를 가리켜 '좋다, 나쁘다'라고 판단하는 기준은 여러 가지이겠으나 보편적으로 자신에게 호의적이고 도움을 주었을 경우엔 좋은 사람이라 판단할 것이고, 반대의 경우엔 나쁜 사람이라 판단하기 마련이다.
아무리 사회적으로 지탄받는 흉악범일지라도 제자식에겐 더할 나위 없이 자상하고 관대하다면, 그는 그 아이에게 있어 좋은 아빠요, 더 나아가 훌륭한 아빠인 것이다.

지금 내가 살고 있는, 21평에 방 세 개짜리 서민아파트 전세보증금 5백만 원도 실상 내 돈이 아니다. 조선족영감님 돈이다. 그렇지만 영감님은 내게 수차례에 걸쳐 '그 5백만 원은 내가 김 동무에게 쓰라고 조건 없이 줬기 때문에 당연히 전세보증금의 권리는 김 동무한테 있다'라며, '5백만 원은 형편이 어려우면 갚지 않아도 된다. 아니, 갚을 필요도 없다'라고 하였다.
이 5백만 원은 영감님이 한동안 힘든 일을 하여 받아온 월급과 잡다한 일을 처리하고 푼푼이 받아 쥔 돈을 모은 것으로 영감님에게 있어 전 재산이라 할 수 있는 돈이다.
그 외에 영감님은 자신이 폐지나 헌 박스 등을 모아 그걸 팔아 생긴 돈도 무조건 내게 갖다 주면서 쓰라했다. 뿐만 아니라 과일이며 떡이며 먹을거리가 생겨도 자신은 전혀 입에 대려하지 않고 내게 가져다주는 것이었다. 하다못해 내가 마땅히 해야 할 힘들고 궂은일마저 낚아채어 대신 해주곤 했었다.
그렇다고 내가 영감님께 돈을 꿔달라든가 그 어떤 일을 대신해달라고 요구한 적도 없을뿐더러 돈을 쥐어줄 때마다 수중에 돈이 없어도 '돈이 있다'라며 거짓말하고 몇 번씩 거절해도 끝내 악착같이 쥐어주는 것이었다.
그와 내가 피와 살이 섞인 혈육도 아니요, 특별하다 할 인연이 있었던 것도 아니요, 내가 그에게 특별한 은혜를 베푼 적도 없었으니, 그와 나를 익히 알고 지내왔던 주위사람들은 일방적으로 그가 내게 도움을 주는 것에 대해 나를 '그를 등쳐먹는 질 나쁜 사람'으로 볼 수도 있을 테고, 반대로 그를 '세상물정을 전혀 모르는 어수룩한 멍청이'로 볼 수도 있을 테다.

내가 영감님이라곤 하지만 실제론 영감소리를 들을 만큼 나이가 듬직한 것은 아니다. 나보다 다섯 살 위니까 올해로 예순둘이다. 평소엔 형님으로 호칭하지만 편의상 영감님으로 소개하곤 한다. 얼굴에 잔주름이 그득하여 마치 십 년 세월을 훌쩍 더 뛰어넘은 얼굴마냥 쪼글쪼글해 뵈기 때문에 처음 봤을 땐 나이가 꽤 많으려니 하여 영감님으로 불렀고, 본인도 속으론 어떤지 몰라도 그런 호칭을 굳이 마다하지 않았다.

영감님, 그러니까 '한상렬韓祥烈'이란 자그마하고 마른 덩치에 약간은 꾸부정한 사내를 처음 만난 것은 다대1동에 소재한 기영빌딩 3층에 사무실 겸 주거공간을 임대하여 입주해 있을 때인 2006년8월경이었.

조선족 2세인 그는 중국 심양이 고향으로 평생 농사나 짓고 양어장을 하면서 물고기를 길렀던 전형적 시골사람으로 3년 전 딸을 서울에 사는 한 청년에게 시집보내면서 그 결혼식에 참석차 국내에 입국했다가 중국에 되돌아갈 마음이 없어 일자리를 따라 부산 다대포로 내려온 것이다.

연전 「평사리토지문학상」 중편소설에 도전하고자 써놓은 소설 『동지冬至』가 있었다. 소설의 무대는 한 번도 가보지 않은 경남 거창, 함안일대를 배경으로 하고 있었.

나는 가끔 사무실을 기웃거리던 영감님한테 그 소설을 읽어주었다. 영감님은 진지한 표정으로 들으면서 '아직 한국말을 잘 몰라 10분지1밖엔 이해를 못하겠다'라고 밝혔다. 동지란 소설은 그렇게 그 영감님에게 처음으로 공개된 소설이다.

2019년 9월

은유시인 **김 영 찬**

008 | 동지冬至 외 3편 | 은유시인 김영찬

동지冬至

중편소설 | 동지冬至 | 009

1

인간들이 결집結集하여 구축한 거대한 사회의 제도 안에서는 인간 개개인에게 제각기 짜여진 삶의 틀, 즉 운명運命이란 것이 강제로 주어지는데, 이 운명이란 것은 특출한 몇몇 사람들만 제외하고는 개개인이 어찌 할 수 있는 성질의 것이 아니다.
어떤 이들은 태생부터 왕후장상의 품격品格을 이어받아 평생을 고귀하게 보내는가 하면, 또 어떤 이들은 버러지만도 못한 삶을 이어받아 철저히 소외되고 버림받는 한편 아주 하찮은 행복마저 타인에 의해 무참히 짓밟히고도 마치 운명처럼 받아들여야 한다는 데 길들여져 있다.

***

1979년 12월도 거의 저물어가는 동지冬至를 이틀 앞둔 어느 날이었다. '거창댁'의 집이 위치한 곳은 지리산으로 이어지는 산세가 비교적 험하고 인가가 드문 외딴 자락으로 겨울의 입김도 그 어느 곳보다 숨가쁘게 다가왔다. 그네가 굳이 나서지 않으면 찾아 올 사람마저 전혀 없는 인적이 드문 곳에 일부러 술래잡기라도 하듯 터잡아 온 지 어언 이십오 년이란 세월이 흘렀다.

일상처럼 늘 지녀온 외로움이 평상시 몸에 걸친 홑 누더기 못잖게 몸에 배었다고는 하지만, 늦은 시각에 북녘을 향해 무리지어 날아가는 기러기를 바라보던 그네의 가슴속엔 문득 외로움이 밀물처럼 몰려들었다.

저렇게 하늘을 홀연히 날아가는 기러기 떼가 어디를 향해 가고 있는 것인지 무지한 그네로서는 알 수 없지만 그래도 함께 하는 무리가 있기에 정녕 외롭지는 않을 것이라는 생각에 절로 한숨이 새어나왔다.

그네는 옷섶으로 깊숙이 파고드는 소소한 추위 따위는 아랑곳하지 않고 기러기 떼가 사라져 간 먼 하늘을 망연히 바라보았다.

저물어가는 태양과 붉게 물든 서녘 하늘, 그리고 먼 산들이 조화를 이루어 화려하고 장엄하기 이를 데 없는 장관을 연출하였지만 그네의 가슴속에 쌓이고 쌓인 깊은 한마저 삭힐 수는 없었다.

석양은 어느덧 기울고 깊은 골 특유의 적막감에 사로잡혀 간혹 들려오는 산짐승들의 처량한 울부짖음만이 그네의 심기를 더욱 불안케 하였다.

한동안 그렇게 먼 하늘을 넋 놓고 바라보던 그네가 갑자기 제 정신이 돌아 온 듯 몸서리를 쳤다. 그리고 서둘러 산돼지들이 수시로 들락거리며 파헤쳐 놓는 고구마 광 입구에 여러 개의 굄목을 덧대어 놓고 부엌으로 들어갔다.

땅거미가 기운 지 오래인 사위四圍는 숨막히리만치 고즈넉하여 소슬바람에 마른가지 스치는 소리마저 적막감을 더했다. 변덕스런 날씨 때문인지 초저녁과는 달리 어느덧 습기 먹은 바람도 찌뿌듯하니 금방이라도 눈발이 몰아칠 듯하고 별들마저 사그라져 사방은 지척을 분간할 수 없을 만큼 어두웠다.
어느 순간, 들려오는 별다른 소리는 없었지만 그네만이 지닌 특유의 육감으로 사람의 기척이 느껴졌다. 덩치 큰 사내 하나가 조심스레 그네가 있는 부엌을 들여다보고 있었으며 아궁이 불빛만으로 어른거리는 그의 모습을 얼른 식별하기가 어려웠다. 그러나 거창댁은 그 사내가 아들 승환이임을 대번에 확신하였다.
한 평 남짓에 불과한 좁은 부엌 바닥에 쪼그리고 앉아 바싹 마른 수수깡으로 아궁이에 군불을 지피던 그네는 몽매에도 소스라칠 듯 마냥 안타깝게 여겨왔던 아들의 시커먼 모습을 보자 반가움보다는 지레 가슴이 철렁 내려앉는 것을 느꼈다.
"아이고머니, 이게 누구야?"
그네는 아직 오십 중반의 나이임에도 마치 칠순을 넘긴 듯 꽤 추레하게 늙은 몰골로 그 거동마저 휘청거려 자칫 위태롭게 보였다.
"어머이, 저라요. 승환이…."
"아이고, 내 새끼…."
그네는 말을 잇지 못하고 앞치마를 걷어 올려 저절로 눈에 맺힌 눈물부터 얼른 닦아냈다. 때가 꼬질꼬질하게 배인 무명 앞치마 자락이 그네의 짓무른 눈가를 닦아낼 때마다 예리한 쓰라림이 긴 여운처럼 자근자근 남았다.
"어머이요, 저 때매 맘 고생 많았지요? 참말로 죄송합니다."
아무렇지 않다는 듯 시침을 떼고 그에게 한 발 다가서려는 어머니의 얼굴을 바라보던 덩치 큰 사내는 차마 그 눈빛을 마주할 수 없어 고개를 깊숙이 떨어뜨렸다.

"내사 아무렴 어떻노, 니가 더 걱정이지. 그런데 이리 불쑥 나타나도 게안캤나? 그 사람들 꺼떡하마 니 못 잡아 마구 설쳐대는데…."
"어머이요, 어머이만 잠시 보곤 이 밤으로 바로 떠날라 캅니다. 지는 일본으로 바로 떠날 낍니다. 어쩜 한동안 어머이 못 볼 지도 몰라요."
"일본으로…?"
그네는 일본이 어딘지 모른다. 막연하게 아주 먼 곳으로, 그네의 발길이 전혀 닿을 수 없는 그저 먼 곳으로 여기고 있을 따름이다.

그네야말로 살아오는 동안 거창이나 함양 일대를 벗어난 적이 없어 바다를 구경할 기회도 없었으니 바다 건너 일본이란 나라를 알 턱이 없었다.
승환이가 고등학교를 입학할 때 처음으로 함양읍이란 번잡한 시내 구경도 했고 그의 입을 통해 세상이 굉장히 넓다는 것을 알게 되었으며 아득하게 넓은 바다 건너에 우리와 말이 안 통하는 전혀 다른 사람들이 살고 있다는 얘기도 들었다.
그렇지만, 그렇게 먼 곳으로 도망가야만 내 아들이 잡히지 않고 살 수 있다니 일본이란 데가 왠지 낯설지 않게 느껴졌다.
"참, 내 정신 좀 봐라. 니 지금 마이 출출 하제? 어뜩 이리 들어오너라. 내 금방 따신 밥 채리 줄 텐께."
아들 승환이야말로 그네의 유일한 혈육이자 그네가 살아가는 이유였으며 믿고 의지할 수 있는 유일한 버팀목이었다. 그런 그가 이제 두어 달 만에 불현듯 어미품이라고 찾아와 머물 새 없이 또 다시 먼 길, 어쩜 결코 되돌아오지 못할 먼 길을 떠나야 한다는 극히 당연한 듯한 얘기를 들려주고 있는 것이다.

이제 그를 그네의 품에서 떠나보내면, 어쩌면 그네 살아생전에 그를 다시 볼 수 있는 기회가 영영 없을 지도 모른다는 생각에 가슴이 싸늘해지고 눈앞이 잔뜩 흐려져 가뜩이나 휘청거리는 몸을 더더욱 가누기가 힘들었다.
도대체 무슨 일이 있었기에 세 사람의 목숨을 무참히 빼앗은 살인마로서 쫓기는 신세가 되었는 지, 경찰이나 주위 사람들이 아무리 설명을 해주어 봤자 그네로서는 도무지 알아들을 수가 없었다.
단지 일 저지르고 얼마후인가 야심한 밤을 틈타 얼핏 숨어들어 온 자식이 사건의 전말을 거두절미한 채 '지가 어머이한테 뭔 거짓말을 하겠소. 지는 단 한 사람도 죽인 적이 업씁께, 딴 사람은 몰라도 어머이만큼은 지를 꼭 믿어주셔야 합니다. 지는 결코 사람을 죽인 적 업써요'란 말만 되풀이하고는 황급히 그네를 떠났었다.
그네를 향한 자식의 눈빛은 공포와 절망감이 뒤엉켜 처절하게 보였으나 일견 단호하여 그 말의 진의가 그대로 전달되어 왔다.
"하머, 내 자식이 어떤 자식이고. 참말로 딴 놈들 말은 믿을 수 없다 카지만 내 자식 놈 말을 어찌 안 믿것노."
그네는 당연한 듯 승환이의 말이라면 철썩같이 믿었다.

승환이는 천성이 솔직담백하여 어렸을 때부터 어떤 사소한 거짓말도 늘어놓은 적이 없었다. 어쩌면 거짓말을 하려해도 얼굴부터 붉어져 금방 들통 날 것이 뻔해 할 수 없었던 것이다.
한 때는 그네의 흉한 얼굴 때문에 그네를 어미로 드러내길 싫어하였고 다른 아이들과 비교하여 어느 것 하나 나을 것 없이 부족하기만 한 자신의 집안형편 때문에 괜한 반항심으로 그릇된 행동을 일삼아 그네의 속을 무던히 태우기도 하였지만, 그 또한 철부지적 일이었으며 그러한 빗나감도 그리 오래지 않았다.

아이들 세계에서는 자기 집안의 경제적 부로, 아버지의 사회적 영향력으로 자신을 과시하고 그러한 간접 지위를 이용하여 다른 아이들을 통솔하려는 경향이 짙다. 승환이의 경우는 아버지를 일찍 여읜데다 어머니 또한 떳떳이 내세우기 부끄러울 정도로 심한 언청이요, 집안 형편이 너무 어렵다 보니 공납금마저 제 때 내 본 적이 없었다. 처음엔 그러한 것들 때문에 아이들로부터 심한 놀림도 받았고 따돌림도 받았다. 그래서 한때는 공부를 열심히 하여 성적으로 만회해 보려고 무진 노력을 해보았지만 그마저도 그의 여건에서는 쉬운 일이 아니었다.

결국 그는 또래 아이들보다 두 살 많은 만큼 더 큰 키와 덩치를 이용, 무력으로 아이들을 제압하기 시작했다. 역시 힘과 주먹 앞에서는 제아무리 닳고 닳은 아이들이라도 꼼짝 못하고 복종하는 것이었다.

아무리 아이들 세계라도 힘과 주먹 또한 도전이 늘 따르게 마련이다. 그렇다보니 싸움이 잦게 되고 상대로 하여금 두 번 다시 기어오르지 못하게 하기 위해 자전거 체인이나 야구방망이나 심지어 칼과 같은 위험한 흉기를 동원하여 상대를 철저히 제압하지 않으면 안 되었다. 그는 천성이 여리고 순박하여 처음부터 그러한 잔혹함을 표방하기란 쉽지 않았다.

그가 고등학교 2학년이 되던 해, 같은 반에 배정된 영석이와 단짝처럼 어울리게 되었다. 영석이 역시 다른 학교에서 퇴학과 낙제를 되풀이하여 2년 묵은 상태로 전학을 왔기 때문에 또래 아이들보다 두 살 많고 승환이와는 동갑이었다.

영석이는 그다지 큰 키는 아니며 마른 체형에 근력도 상대적으로 약했다. 말상이라 할 긴 얼굴에 숱이 거의 없는 눈썹, 콧등이 납작하게 눌린 작은 코, 윤곽이 모호한 얄팍한 입술을 지녔다. 대신 쭉 찢어진 눈은 섬뜩하리만큼 날카롭고 몸놀림도 날렵하여 싸움을 잘하였으며 무엇보다 꾀가 많고 교활하였다.

그런 영석이가 곁에 있었기에 힘과 주먹만으로 제압하기 어려운 상대도 쉽게 굴복시킬 수가 있었는데, 당시 학교 안에서는 그 누구도 함부로 다룰 수 없는 악발이로 유명한 덕형이의 경우가 그러했다.

덕형이는 유연한 버들가지를 연상케 하는 영석이와는 상반된 절구통을 연상케 하는 짜리몽땅한 키에 떡 벌어진 다부진 체격을 지녔다. 이마가 유난히 좁으며 짙고 굵은 눈썹에 단추구멍같이 파인 눈, 좀처럼 감정을 드러내지 않는 무표정한 얼굴은 어찌 보면 지능이 낮은 바보처럼 보였다.

그러나 대단한 뚝심을 지녔으며 더불어 '악발이'란 별명에 걸맞게 물불을 가리지 않는 데다 싸움 상대가 초주검이 될 때까지 물고 늘어지는 악착같은 근성마저 지녔다.

그러한 영석이, 덕형이와 콤비를 이루면서 학교 안에서는 물론 함양 바닥의 주먹들과 연일 싸움이 끊일 날이 없었다. 그리고 그의 그러한 불량기로 점철된 방황을 멎게 해 준 것은 아주 사소한 일로 비롯되었다.

고등학교 3학년 2학기를 맞고 얼마쯤 되었을 때다.
그날은 토요일이라 학교 수업이 일찍 끝나고 각기 제 볼 일이 있는 덕형이, 영석이와 헤어진 뒤 짙푸른 잡초로 무성한 밭두렁길로 자전거를 몰고 집으로 돌아가는 길이었다. 그날따라 날씨는 구름 한 점

없는 전형적 가을 날씨라 하늘은 높고 청명했다. 모처럼 날아갈 듯한 기분에 고조되어 자신도 모르게 집으로 가는 지름길이지만 의도적으로 잘 다니지 않던 길로 들어서서 예의 허름한 농가 앞을 지나가게 되었다.
고등학교 입학 이래 오래전까진 늘 그 집 앞을 지나쳤는데 언제부터인가 오그라든 두 다리를 바닥에 질질 끌 듯 도망가는 누렁개 한 마리가 눈에 띄기 시작했다. 그 개를 볼 때마다 측은하다기보다는 혐오스런 기분이 들었고 그런 불구의 개를 왜 키우고 있는지 그 주인 되는 사람들을 이해할 수가 없었다.
그렇게 오가는 동안 한번은 언뜻 놀라 내뺀 그 개가 지나간 자리에 붉은 생리혈이 길게 남아있는 것을 보고 차마 못 볼 것을 본 듯한 언짢은 기분이 들었다. 마침 생리를 하던 그 개의 음부가 땅바닥에 닿은 채 질질 끌린 흔적이었다.
그때 그 개가 암컷이란 것을 알았으며 그렇게 낯선 사람들 때문에 마냥 도망만 다니다보면 필경 그 여린 음부가 다 닳아 없어지겠거니 싶은 괴이쩍은 생각에 그 뒤로 그 길을 꺼려왔다.
그런데 그날은 처음 보는 다 자란 새끼들 여러 마리가 어미 주위를 맴돌며 그가 다가오지 못하게 맹렬히 짖어대는 것이다.
처음엔 별 의미를 못 느끼고 같잖게 보았으나 일부러 그 앞을 몇 번 더 지나치면서 봐도 여전히 똑같은 반응을 보이자 그 까닭이 여간 궁금해지는 것이 아니었다.
이틀 뒤 등교길에 일부러 그 개들을 보기위해 그 집 앞을 지났다. 개들은 여전히 같은 반응을 보였다.
"어이…! 씨끄럽다, 고만 짖그라."
카랑카랑한 할머니의 목소리가 들렸다. 든든한 주인이 곁에 있어서인지 아니면 할머니의 꾸짖는 소리 때문인지 개들이 짖어대는 소리가 다소 수그러들었다.
그 집 주인인 듯한 허리가 꽤 많이 구부러진 할아버지와 그를 부축하고 있는 비교적 정정해 보이는 할머니가 마당에 나와 있어 자전거에서 내려 인사부터 했다.
"할머이요. 저 개들 말입니다. 참 희안하데요."
"와카노? 머슨 일 있었나?"
"그기 아니고요. 즈그들끼리 잘 놀다가도 어미개한테 가까이 갈라카마 막 짖어대고 물려 안 캅니까."
"아, 저거 어미 지켜줄라 안 카나."
"……?"
"아무리 개라 캐도 사람보다 낫다카이. 저거 어미가 빙신이라 지켜줄라 안 카나. 을매나 저거 어미를 위해주던지…."
"……?"
"와? 내말이 안 믿기나?"
"아니요, 그기 참 신기해서요."
"개들이라고 생각 엄는 기 아이다. 어쩜 덜 돼먹은 사람보다 훨씬 낫다."
참 묘한 일이었다. 자신의 어미가 병신이라는 것을 사람도 아닌 이제 겨우 태어난 지 1년도 안 되었을 개들이 어찌 알 수 있는 지, 그것도 궁금했지만 약하다 하여 지켜줘야 한다는 사람 못잖은 생각을 개들이 할 수 있는지도 궁금한 것이었다.
참으로 불가사의한 일이었으나 그의 눈으로 직접 확인한 사실이었다.
그 아무짝에도 쓸모없는 불구의 개를 내치지 않고 키우고 있는 늙은 노인네의 인정은 그렇다 치고, 하찮은 개들마저 저를 낳아 준 어미를 끔찍이 위하는데 하물며 사람의 탈을 쓰고도 일가붙이 하나 없이 오로지 저 하나를 낳고 키워 준 불쌍한 어미를 부끄럽게 여겨 온 자신이 너무 형편없는 속물처럼 느껴졌다.

그네는 대낮에도 버젓이 호랑이며 멧돼지며 여우 따위가 출현하는 외진 산간 벽지인 '청연'이란 작은 마을의 한 가난뱅이 농사군 집안에서 태어났다.
청연마을은 경상남도 거창군 신원면에 위치하고 있으며 인가라고는 인근 띄엄띄엄 터 잡은 20여 호 100여 명이 전부였고 그나마 고구마나 옥수수농사밖에 안 되는 척박한 토양이라 화전민을 겨우 면했다 할 원시 마을이었다.
그네는 태어날 때부터 윗입술과 함께 코의 형태까지 뭉그러진 심한 언청이였다. 그리고 그네가 그런 몰골로 태어난 것을 알아 챈 마을사람들 사이엔 흉흉한 소문들이 끊이질 않았다.
곱사등이라든가 소아마비라든가 곰보 따위는 몰라도 손가락이 여섯 개인 육손은 물론 그네의 그런 생김새 또한 마을 전체에 크나큰 재앙을 불러올 것이라는 주장들이 나왔다.
악귀가 들린 부정 탄 아이라 하여 일부러 죽이지는 못하더라도 산에 갖다버려 짐승의 밥이 되게 하자는 주장이 분분했으나 그리 모질지 못한 그네 부모는 마을사람들 눈을 피해 핏덩이를 살려뒀고 결국 그네는 철들기 전부터 홀로 깊은 산속에 움막을 지어놓고 산나물 따위를 채취하여 근근이 연명할 수밖에 없었다.
그렇게 살다보니 학교 근처에는 얼씬도 못한 일자무식으로 마을과

산을 오가는 그것만이 그네가 아는 세상의 전부일 수밖에 없었다. 따라서 육이오 전쟁이 발발했어도 그네는 그러한 사실조차 까맣게 모르고 지냈다.

전쟁이 막바지에 이르러 소강 상태에 접어들자 피아彼我마저 불분명한 상황이었다.

그네가 사는 벽촌에도 낯선 군인들이 이따금씩 들락거렸는데 그들이 나타날 때마다 약탈 행위가 벌어지고 그들의 이유 없는 만행에 의해 몇몇 사람들은 크게 다치거나 죽기까지 했다.

그들 군인들은 하나같이 너덜해진 군복에 군표는커녕 계급장마저 붙어있지 않아 어느 게 국방군이고 어느 게 괴뢰군인지 마을 사람들은 그들의 겉모습만 봐서는 전혀 구분조차 할 수 없었다.

그냥 저희들 기분 내키는 대로 약탈하고 사람을 마치 파리 잡듯 수월하게 때려잡는 그들 군복 입은 사람들이야말로 마을 사람들의 시각에서 보면 국방군 괴뢰군 따질 것 없이 모두 두려움의 대상일 수밖에 없었다.

그네는 그네의 고향인 청연마을 사람들이 단지 빨갱이 동조자란 애매한 이유로 한 날 한 시에 국방군에 의해 무자비하게 살해당하는 와중에서도 눈에 띄지 않는 외딴 곳에 홀로 떨어져 삶으로써 유일하게 살아남은 생존자였다.

마을 사람들이 군인들에 의해 집단으로 몰살을 당하던 그 날에도 그네는 채취한 버섯이며 고사리며 더덕 등의 산나물을 잔뜩 이고지고 마을로 향하던 중이었다.

잡목이 우거진 숲을 막 벗어나려는 순간, 웅성거리는 소리가 평소와는 사뭇 달랐다. 조용한 산골마을이라 특별한 경우가 아니고는 사람들이 그다지 모일 일이 없었다.
그런데 얼핏 보기에 적잖은 사람들이 떼를 지어 이동하는 중이었다. 그리고 그들 사이에 군인들이 간혹 끼어있는 모습이 보였으며 그중 한 군인이 마을 사람 하나를 장총 개머리판으로 내리쳐서 쓰러뜨리는 모습도 보였다.
그네는 놀란 가슴을 간신히 진정시키고 후둘거리는 다리를 질질 끌다시피하여 겨우 우거진 잡목 사이로 몸을 숨겼다. 금방이라도 무서움에 혼절할 듯하였지만 가족들이 걱정스러워 도저히 그 자리를 뜰 수가 없었다.
어느덧 마을 사람들은 하나도 빠짐없이 마을 공터로 죄다 모여든 듯싶었다. 제법 너르다 싶었던 공터는 발 디딜 틈 없이 꽉 들어찼으며 인근 마을 사람들까지 합쳐 대략 오백 명이 넘는 숫자였다.
그네는 우거진 잡목 사이에 숨어 마을 사람들이 하나도 남김없이 몰살 당하는 장면을 처음부터 끝까지 지켜봤다.
젊다 못해 어린애처럼 보이는 앳된 장교가 서른 명 남짓의 부하들을 시켜 남녀노소 가릴 것 없이 마을 사람들을 모두 한 자리에 모아놓고 서로 이간질 시키는 것이 보였다.
참으로 이해할 수 없는 것이 불과 엊그제까지 그렇게 절친했던 이웃 사람들끼리도 군인들이 들이 댄 총칼 앞에선 어쩔 수 없었던지 상대를 서로 빨갱이 앞잡이로 몰고 가는 것이었다.
서로가 서로를 지명하고 그렇게 지명된 사람들은 한쪽으로 불려나가 마을 사람들이 지켜보는 가운데 군인들에 의해 몽둥이로 맞아죽거나 죽창에 찔려 죽었다.
간단히 내지르는 몽둥이에 머리통이 깨어지거나 뼈마디가 부러지는 소리와 함께 고통을 이기지 못해 질러대는 비명소리, 가슴이며 배며 허벅지며 마구 쑤셔대는 예리한 죽창에 선혈이 낭자하게 튀고 속절없이 찔려 죽으면서 내지르는 비명소리들로 아비규환이 따로 없었다.
그리고 얼마 후엔 그 짓마저 심드렁해졌던지 마을 사람들 가운데 그중 젊어 뵈는 남자들을 불러내더니 둘씩 짝을 지어 붙여놓고 각자의 손에 죽창을 거머쥐게 하여 서로를 찔러죽이게끔 부추겨댔다.
그렇게 인간 살육을 즐기는가 싶더니 오후 느지막한 시각이 되자 커다란 구덩이를 파게 하고는 나머지 남아있던 노인이며 여자들이며 아이들까지 모두 한 구덩이 속으로 몰아넣고 한꺼번에 생매장을 시키는 것이었다.
흙을 덮으면서도 구덩이에서 빠져나오려는 사람의 머리를 삽으로 내리치고 괭이 등으로 마구 으깨는 것이 보였다.
군인들은 마을 사람들이 모두 처결되자 땅바닥에 널브러져 있는 시신들을 두어 곳에 쌓아놓고는 그 위에 마른 나무와 장작들로 덮은 뒤 기름을 끼얹고 불을 질렀다.
시커먼 연기가 하늘로 치솟으면서 시체 태우는 노린내가 풍겨왔다.
오백 명이 넘는 마을 사람들을 몰살하는 데엔 불과 한나절로 족했다. 그런 과정에서도 저희들끼리 히죽거려가며 장난삼아 사람들을 죽이는 듯한 군인들의 모습은 마치 지옥에서 온 악귀나 다름없었다.
그네는 사지가 사시나무 떨듯 하고 정신이 혼절할 듯 혼미한 가운데서도 군인들의 마을 사람 살육 과정을 처음부터 끝까지 빠뜨리지 않고 지켜볼 수밖에 없었다.
그뿐만 아니라 그네 아버지나 어머니, 동생들 역시 처참하게 살육되는 장면 또한 숨죽이고 지켜볼 수밖에 없었다.
그 몇 안 되는 군인들에 의해 그 많은 마을사람들이 아무 저항도 못하고 속수무책으로 죽임을 당하는 것이 어처구니없기도 했다. 이왕 죽을 거 떼거리로 대항이라도 하고 죽었더라면 그토록 억울하지는 않을 것이란 생각을 두고두고 했다.

원래부터 자신의 흉한 모습 때문에 사람들과의 대면을 극히 꺼려온 데다 무심코 처참한 살육의 현장을 근접하여 직접 눈으로 목격한 그네는 그 후로 사람을 더욱 두려워하게 되었다.

더군다나 마을사람들끼리도 이웃을 서로 죽일 듯이 몰고 가는 것을 목격한 이상 사람만큼은 절대로 믿을 바 못 된다 여겼으며 사람을 더욱 멀리하기 위해 깊은 산중으로 자꾸 파고들었다.

그리고 혼기를 한참 넘긴 스물여덟이 넘도록 그 산중에서 홀로 살아왔던 것이다.

깊은 산중에서 나물 따위를 채취하다 보면 온갖 짐승들과 맞닥뜨리게 되어있다. 늑대며 여우며 살쾡이며 멧돼지며 심지어 호랑이나 곰까지 만나다 보면 모골이 송연할 정도로 두려움을 느끼게 된다.

그렇지만 그들 산짐승들은 이쪽에서 꼼짝 않고 전혀 반응을 보이지 않으면 아무 해도 입히지 않고 제 갈 길로 가버리는 것이다.

산중 생활에 이골이 난 그네는 어떤 산짐승도 두려워하지 않게 되었고 오히려 채취한 나물을 건네주러 가끔씩 들르는 마을 어귀에서 마주치게 되는 사람들이 더 두려웠던 것이다.

그러던 어느 날, 평상시와 마찬가지로 그네는 산나물을 채취하고 있었고 조금씩 자리를 바꿔가고 있을 때였다.

갑자기 근처에서 살쾡이 울음소리라기보다는 어쩜 어린아이 울음소리에 더 가까운 애처로운 소리가 들려왔다. 그네는 놀란 가슴을 진정시키고 소리 나는 곳으로 조심스레 다가갔다.

길 잃은 어린 산짐승이려니 생각했었는데 그곳에는 의외로 체격이 왜소한 남자 하나가 온몸이 이끼와 진흙으로 범벅이 된 채 쓰러져 있는 것이었다.

그곳은 경사가 까마득하게 가파르고 습기 찬 곳으로 산을 잘 타는 그네로서도 기어오를 엄두를 못내는 곳이었다. 낌새로 보아 그 위쪽 벼랑에서 굴렀는지 심하게 다쳐 꼼짝을 못하고 바튼 신음소리만 내뱉고 있었다.

남자인데다 그것도 어른인지라 처음엔 두렵기만 하여 다가가기가 겁이 났다. 그러나 그대로 놔두면 필경 죽게 되리라는 것을 뻔히 알겠기에 차마 발길을 되돌릴 수 없어 그를 들쳐 업고 움막으로 데려와 온갖 정성을 다 기울여 치료를 해주었다.

그렇게 사나흘이 지났을까, 원기를 회복하고 나서 그가 들려주는 얘기는 '먹고 살기가 힘들고 약방에서 비싼 가격에 거래가 된다기에 딴에는 돈 벌 욕심에 아무런 경험도 없이 혼자서 산삼을 캐러 산중을 헤매다가 그런 사고를 당했다'는 것이다.

그네가 생각해도 참으로 어처구니없는 말이었다. 그네가 거의 이십 년 가까이 산나물을 캐어 왔어도 산삼이라고 생긴 것은 구경조차 못했기 때문이다.

"댁은 지 생명에 은인이구만요."

"뭘요…."

"댁이 아니었쓰마 지는 버얼써 짐승 밥이 됐을 낀데. 그 은핼 어찌 갚아야 할지…."

"괜찮아요, 은해는 머슨 은해라구…."

그리고 그네의 처지를 대충 파악한 그는 가진 게 불알 두 쪽뿐인 40대의 늙다리 총각 박철규라 자신을 밝히고 '험한 산중에서 여자 혼자 어찌 살 수 있겠느냐'며 '자기와 내려가 함께 살자'고 떼를 쓰기 시작하였다.
"지가 몸은 약해 뵈지만 이래 봐도 중학꾜는 나왔는데요. 뭘 해도 묵고는 살 수 있겠는데요."
처음 그네의 얼굴을 봤을 땐, 그 험악해 뵈는 입 주변 모습에 만 가지 정이 다 떨어졌다.
두 개의 콧구멍으로 가지런해야 할 자리에 검은 털이 숭숭 박혀있는 하나의 일그러진 큰 구멍이 퀭하니 뚫려있고 윗입술이 뜯겨 나간 듯 벌겋게 벌어진 사이로 석류 알처럼 치열이 들쭉날쭉하고 거무튀튀한 치석이 덕지덕지 붙은 이빨들이 드러나 있어 보기에 여간 흉한 모습이 아니었다.
그러나 보면 볼수록 그네의 반듯한 이마며 서글서글한 눈매에 이끌리게 되었고 점차 한껏 무르익은 그네의 몸매에 매료되어 갔다.
특히 남루하다 못해 헐벗은 차림새라 부지중 그네는 허벅지까지 훤히 드러내고 있었는데 비록 때에 절고 상처투성이지만 허벅지와 종아리로 이어지는 두 다리는 군살 하나 없이 마냥 매끄럽게 뻗어 있어 그렇듯 예쁜 여자 다리를 처음 본 그는 그네의 다리를 유난히 탐냈다.
그는 어렸을 때 소아마비를 앓은 이래 한쪽 다리가 기형적으로 변형되면서 다리를 절게 되었다. 그 때문에 어려서부터 아이들의 놀림을 받게 되고 커서도 숱한 농락을 당하면서 살아왔다.
그보다 그 자신을 괴롭혀왔던 것은 제멋대로 뒤틀린 두 다리로 인한 심한 열등의식이었다. 따라서 그가 조급증이 날만큼 그네의 건강하고 가지런한 두 다리를 욕심내는 것은 그가 지니지 못한 것에 대한 대리 욕구를 충족하고자 함일 것이다.

"이런 숭한 얼굴로 어떠카노….."
처음엔 그의 제안이 믿어지지도 않았지만 도저히 받아들일 수 없을 만큼 두렵고 내키지도 않았다. 그러나 그 역시 그 홀로는 산을 내려가지 않겠다며 몇날며칠 끈덕지게 보채다시피 하여 그네로서도 마음이 자꾸 흔들렸다.
그네 역시 어려서부터 지겹도록 겪어 온 외로움이 더 이상 싫어진 데다 과년한 여자로서 은연 중에 남자의 정분을 목말라하던 터라 나중엔 그가 은근히 좋아졌던 것이다.
게다가 다리를 유난히 절며 약골로 보이지만 의외로 순박하고 선량한 그에게 모처럼 안도감을 느꼈기에 결국 그를 따라나섰던 것이다.

박 씨와 그렇게 인연이 되어 함양 석복이란 그 또한 외진 산골로 그를 쫓아온 것이 스물여섯 해 전인 1954년 늦가을쯤 되었을 때이고 그 이듬해인 1955년 9월 중순에 아들 승환이를 낳았다.
여전히 땅 한 떼기 없는 살림살이라 궁핍하기는 마찬가지였다. 남의 집 품앗이에 억척같이 나선 그네 때문에 겨우 입에 풀칠하며 살았지만 그래도 곁에 박 씨가 있고 아들까지 품안에 있어 그런대로 살만하다 여겼었다.
그런데 불편한 몸인데도 진득하지 못한 것이 박 씨의 성격이었다. 어쩌다 얻어걸리는 날품일 외에는 벽촌에서 특별한 소일거리가 없던 그는 무료함을 견디지 못하고 이웃마을을 드나들기 시작하더니 급기야 함양 읍내까지 출입이 잦아졌다.
그러다 어느 날인가 가뜩이나 어수룩하고 귀가 여린 박 씨는 남의 말에 솔깃하여 대처로 나가면 큰돈을 벌 것이라며 이집 저집 안면 있는 집들마다 닥치는 대로 얼마씩 빚을 얻어가지고는 어느 날 갑자기 어디로 간다는 말도 없이 훌쩍 떠났다.
그리고 그 후론 아무런 연락도 없다가 거의 몇 년 만에 상 거지꼴로 다시 나타났는데 그때 패혈증이라든가 문둥병이라든가 하여튼 병변과 치료방법을 알 수 없는 무슨 몹쓸 병을 얻어왔던지 온몸이 피고름 범벅이 되어 시름시름 앓다가는 다음해를 못 넘기고 어이없게 죽어버렸다.

이제껏 승환이를 홀로 키워오면서 동냥 반 날품 반 안 해 본 일이 없을 정도로 그네가 겪은 고통은 일일이 풀어놓을 수 없을 만큼 참으로 고단한 것이었다.
그래도 승환이가 아무 탈 없이 무럭무럭 잘 자라주었으며 제 또래에 비해 허우대가 훤칠하고 이목구비도 또렷했다. 그러나 그네는 워낙 무지한데다 살림 또한 궁핍하여 자식을 학교에 보낼 엄두를 내지 못했다. 또래에 비해 2년이나 늦게 그것도 마을이장의 성화에 못 이겨 승환이를 국민학교에 겨우 입학시킬 수 있었다.
승환이는 여느 시골 애들보다 신수가 훤하고 귀티가 흘러 또래 무리 중에서는 단연 돋보였다. 따라서 거창댁은 처음 한동안 승환이 손을 잡고 거리로 십리가 족히 넘는 학교까지 바래다 주고 데려오는 것을 큰 낙으로 삼았다.
오가며 만나는 사람들마다 흘끗 쳐다보는 눈빛마저 다 잘난 자식 놈 때문이란 생각에 우쭐하는 마음도 들었다.
그네가 지레 자식 놈 흉 잡힐까 하여 한 손으로 자신의 코와 입을 아무리 조심스럽게 가리고 다녔다지만 그네가 심한 언청이란 것은 얼마 지나지 않아 알 사람은 다 알게 되었다. 따라서 아이들 사이에 그네에 대한 이상한 소문들이 증폭되어 갔다.

"어머이요, 아들이 자꾸 머라칸다. 이자부터 학꾜는 절대 오지 마요. 어머이가 학꾜 오면 내 학꾜 안 갈 끼다."
"뭐라케쌓노? 얼라들이 느거 어미 학꾚 드나든다꼬 막 놀려대드나?"
"어머이를 마구 할망구라 카고…, 또 얼라들 간을 빼 묵는다 카고…."
"참 씨잘 데 엄는 소리덜 해 쌌네. 그라마, 니도 니 어미가 그리 숭해 보이드나?"
"야튼 실탄 말이다. 어머이 학꾜 오는 거 실타."
"오냐, 알긋다. 니가 정 실타 카마 어미 학꾚엔 두 번 다신 얼씬도 안 할 텐께. 대신 공부나 열씨미 하그라. 그라마 되겠제?"

승환이는 그로부터 고등학교 입학할 즈음까지는 별 말썽이 없이 공부에도 열의를 보였으며 매사 행동거지도 반듯하고 어른들께 고분고분하였다.
그런데 얼마 후부턴가 불량스런 아이들과 어울려 다니기 시작하면서 공부는 뒷전이고 노상 싸움질에다 말썽만 일으키니 기어코 학교 선생들뿐만 아니라 걸핏하면 잡혀 들어가기를 반복했던 파출소의 순경들 사이에서도 구제불능의 골통 취급을 당하기 시작했다.
아들의 빗나감을 의식한 것은 그가 고등학교 2학년 여름방학을 맞고 얼마후인 1974년 8월 초로 어떤 낯선 사람과 파출소 순경 둘이 그네의 집을 찾아오면서부터였다.
순경을 대동한 낯선 사람이 자신을 가리켜 승환이 담임선생이란 소리에 그네는 까닭모를 두려움에 몸부터 떨었다.
무슨 큰 사고라도 저질렀는가 싶어 눈앞이 아찔했으나 간신히 그들을 마당가의 평상에 앉히고는 서둘러 찬물에 미수가루를 타서 날랐다.
"승환이 아즉 안 들어 왔습니까?"
"아침에 나간 뒤론 아직… 근데 승환이 한테 뭔 일이라도….'
정복차림의 순경 하나가 그네의 말을 자르고 끼어들었다.
"그 자슥이 읍내 정순돌외과의원 원장 아들네미 정병학이를 뚜드려 패 엉망으로 만들어놨다지 뭡니까."
"뭐라꼬요?"
그네는 갑자기 심한 현기증이 일어 휘청거리는 몸을 제대로 가누지 못하고 그 자리에 엉덩방아를 찧다시피 주저앉았다. 그리고 이어지는 순경의 말이 마치 꿈결에 날파리가 귀청을 왱왱거리며 후비는 소리처럼 들려왔다.
"뚜드려 패기만 했다면야 그까짓께 뭐가 큰 문제가 되겠습니까. 얼라들이 쌈박질하믄서 클 수도 있겠거니 하겠지만…, 한쪽 볼텡이를 칼로 마구 그어 놨다 아입니까. 요눔의 새끼 어디로 내뺀 거 아니요?"
그네는 주변의 사물들이 심하게 요동치고 빠르게 빙빙 도는 듯한 어지럼증이 좀처럼 멎지 않아 자리에서 일어날 수조차 없었다. 호흡이 가빠지고 얼굴의 핏기마저 사라져 창백해졌으며 이마에는 어느새 식은땀이 송송 배어났다.
도무지 그네로서는 믿기지 않는 말이었다.
담임선생은 말끝마다 욕을 내뱉는 순경에게 눈치를 주면서 그네에게 다가가 그네를 부축하여 일으켜 세웠다.
"아니, 저이 승환이가 남에 얼굴에 칼을 댔더란 말입니까? 아이고 이를 어쩐다냐… 선상님요. 우리 승환이 어쩐다지요?"

"예, 얼굴이 찢겨져 서른 방 넘게 꼬맸다 캅디다. 승환 어머이요, 너무 걱정은 마이소. 일단 승환이랑 영석이를 찾아서 자세한 얘기를 들어봐야겠고, 또 지도 일이 잘 해결되도록 노력할 테니 잡혀가는 일은 없을 낍니더."
"잡혀가다니요? 그럼 잘 몬 되면 잡혀갈 수도 있다 그런 말이요?"
다음날 함양경찰서에 잡혀 들어간 아들 승환이를 구제하기 위해 물론 피해 학생이라는 정병학이 부모를 포함하여 이 사람 저 사람 찾아다니며 손발이 닳도록 빌고 또 비는 등 그네가 치룬 심적 고통은 이루 말할 나위가 없었다.
그런 일 외에도 승환이는 고등학교를 졸업할 때까지 숱한 말썽을 일으켜 그네의 마음을 늘 졸이게 하여 한시라도 편치 않았지만 고등학교를 졸업하고 여느 공장에라도 취직하여 제 몫을 하게 되면 나아질 것이란 기대 때문에 그저 몸이 부서져라 악착같이 일한 때문인지 그는 간신히 고등학교까지는 마칠 수 있었다.

그리고 승환이는 학교를 졸업하고 나서 두어 달 후엔가 제 수단껏 친구들과 어울려 이웃마을의 국수를 만든다는 새마을공장에 취직하여 한동안은 공장 일에 착실하였으니 별 말썽을 피우지 않는 것으로 보아 어느덧 마음을 잡은 듯도 보였다.
월급도 꼬박꼬박 타서 그네에게 가져다 주었고 장대한 기골만큼이나 몸에 살도 붙어 한결 어른스레 여겨졌다.
그렇게 사 년 여가 훌쩍 지나갔고 한동안은 살림살이도 펴나가는 듯하여 그네의 가슴에도 모처럼 사람 사는 듯한 뿌듯한 충만감에 젖어 들었다.
무시로 껄렁한 친구들이 드나들지 않는 것은 아니었지만 모두들 별

다른 사고를 내지 않고 지내기에 제 앞가림을 할 만한 어른이 되었으니 철도 들었으려니 여겼었다.

2

거창 댁은 부엌 한 편으로 위태롭게 높이 쌓인 마른 콩대 묶음들과 수수깡 묶음들을 뒤로 힘껏 밀어붙이고 사람 하나가 겨우 껴 앉을 수 있는 자리를 애써 만든 다음 아들 승환이를 거기에 앉혔다. 그리고 서둘러 그의 앞에 어울리지 않게 큰 밥상을 펼쳐놓고 수저부터 올려놓았다.
커다란 가마솥에서 금방 지은 듯한 하얀 쌀밥이 담긴 놋쇠 밥그릇을 꺼내어 올려놓고 얼음이 둥둥 뜬 동치미와 김치 외에 몇 가지 반찬들을 챙겨 상 위에 올렸다.
그가 살인자의 누명을 쓰고 집을 떠난 뒤로 언제 어미라고 찾아올지 기약할 수는 없지만 날이 바뀔 때마다 오늘은 틀림없이 '어머이요~!'라며 사립문을 박차고 뛰어 들어오리라는 기대감에 하루도 거름 없이 늘 따뜻한 밥을 차려놓고 그가 오기를 기다려 왔었다.
"어머이도 같이 들지요. 어무이 밥은 어데 있소?"
"내 걱정일랑 말고 양껏 들라. 밥은 또 있다."
"그라지 말고 같이 드입시다. 얼릉요."

"게한타. 내야 배고프면 아무 때고 먹으마 된다."
승환이는 게 눈 감추듯 밥 한 그릇을 금방 비웠다. 그네는 그의 앞에 놓인 빈 그릇을 들어내고 그 자리에 다시 가마솥 안에 들어있던 밥주발을 꺼내어 올려놓았다.
"니한티 죄가 엄따면 와 도망갈 궁리부터 하노? 갱찰서에 가서 니 갤백을 이실직꼬 하마 니 죄가 풀릴지 우찌 알것노."
"어머이요, 지가 사람 안 죽인 것만은 틀림 업써요. 그렇지만 누가 지 말을 곧이 듣겠소. 아무리 궁리해 봐도 결백을 증명할 방법이 없다아이요."
"그렇탐 니가 뭔 잘못이 있다고 마냥 도망만 다녀야쓰겠노? 살길을 찾아야지."
"그러이 살 길은 이 나라를 떠나는 길밖엔 업써요."
"낼 모레가 동지다. 이렇게 집 떠나면 언제나 돌아 올 수 있겠노. 그러니 이틀 밤을 더 묵고 가그라. 내 낼은 팥죽이나 끓일란다."
"낼 밤엔 부산에 가서 밀항선을 타야 해요. 칭구들이랑 약속이 되어 갖고…."
"……"
그네는 말없이 품속에 깊숙이 감춰놓았던 지폐 다발을 감싼 흰 손수건을 끄집어내어 그의 손아귀에 쥐어주었다.
"……?"
"그라고, 이 돈 가지고 가그라. 이 안에 십만 원 들어있다."
"어머이… 이 큰 돈을…, 지는 돈 업써도 괜찮아요. 오히려 어머이한테 돈 업씀…, 돈 업씨 어찌 살라꼬요. 지는 이 돈 절대로 받을 수 업써요. 그라고 앞전에 준 돈도 여기 2만원이나 남았고요."
"그래도 낯선 곳에 가서 견딜라마 돈이 있어야지. 그라고 이 돈은 니가 공장 댕기면서 벌어온 돈이다아이가."
"이 돈은 어머이가 갖고 계시다가 지가 돌아오면 그때 내놓으소. 지는 몇 년 내로 꼭 돌아올 끼구만요."
승환이는 막무가내로 그 돈을 그네 손에 다시 들려주었다. 틀림없이 그 돈은 근래 들어 겨우겨우 마련한 땅마저 처분하고 어쩌면 살고 있는 집마저 담보로 하여 만든 그네의 모든 재산일 것이 분명했다. 평생 자신만 바라보고 살았을, 더군다나 앞으로도 홀로 살아가야 할 어머니를 생각하면 결코 그 돈을 받아갈 수 없었다.
그네는 모처럼 아들과 대면한 자리에서도 한편으론 그를 잡으러 금방이라도 형사들이 들이닥칠 것만 같아 좌불안석이었다. 눈은 자꾸 부엌문 바깥으로 내닫고 바깥의 동정에 신경이 쓰이면서도 아들 앞에서는 애써 조바심을 감추려하였다.
갖은 고생 끝에 겨우 살만하다 싶었는데 이제 아들은 살인을 한 도망자 신세가 되어 기약 없이 이역만리 타국으로 떠나보내야 했다. 어쩌면 영구히 되돌아오지 못할 길을 떠나보내야 하는 것은 아닌지 생각할수록 암담해지고 감정의 타래는 천 갈래 만 갈래 쪼개져 나가는 듯했다.
그날 낮에만 해도 함양경찰서 강력계 조형철 형사와 강민규 형사 둘이 두 시간가량 그네의 집에 머물다 갔다.
거의 이삼 일 간격으로 찾아와서는 집안을 뒤지듯이 여기저기 기웃거리며 그네의 심기를 극도로 불안케 했는데 특히 40대 초반의 작달막하고 배가 불거져 허리띠를 배꼽 밑으로 축 늘어뜨린 두꺼비상의 조 형사는 그네의 생김새가 언청이인데다 조금은 우직해보여서인지 매양 깔보듯 하며 간혹 가다 던지는 말조차 험상궂었다.
"쌍~! 나중에 말이다. 니년이 숨겼단 게 드러나면 어찌되는 줄 아나? 니년도 콩밥 묵지만, 니 새끼는 가중처벌 받게 되는 기라. 니 가중처벌이 뭔지 아나? 죄가 더 무거워지는 기라. 어쩌면 10년만 징역 살아도 될 걸 사형까지 시킨다, 이 말이다."
"씨발년, 안되겠다. 델고 가서 고문을 하든, 아님 주리를 틀든 해서라도 자백을 시키뿌야지."
참으로 대단한 엄포였으나 그네는 그런 말을 들을 때마다 간담이 서늘해졌다. 그리고 30대 중반으로 생김새가 넙적데데한데다 비교적 몰랑해 보이는 강 형사에 의해 듣기 좋은 말로 회유도 이어졌다.
"이봐요, 아지매. 자식이라고 깜옥 안 보내려 언제까지 숨어 살게 할 순 엄짢나? 죄 지었으면 떳떳이 죄 값을 치루고 나야 맴도 편하제. 그라이 괜히 진 빼지 말고 숨은 곳을 갈쳐주든가, 아님 델구와서 자술시키든가. 괜히 잡혀서 덤테기 쓸 생각 말구 말여."

승환이는 고등학교 때부터 단짝처럼 어울려왔던 덕형이 영석이와 함께 새마을공장에 취직한 뒤로 학교 다닐 때의 말썽은 전혀 찾아볼 수 없었다. 승환이는 그들 중에 덩치도 컸지만 귀공자 타입의 생김새에 말도 비교적 아꼈고 행동거지도 무척 신중했다.
따라서 친구들은 은연중에 승환이를 그들의 우두머리로 인정하고 그의 말은 대체로 고분고분 따랐다.
그들이 일하는 곳이 근로자만 오십 명 가까이 되는 비교적 규모가 큰 국수 공장이라 하루 종일 트럭들이 오가며 밀가루 포대와 가공된 국수를 담은 박스들을 실어 날랐는데 이삼 십 킬로 나가는 이 포대와 박스들을 연일 나르고 싣는 일도 여간 고된 일이 아니었다.
그렇듯 승환이가 함께 입사한 친구들과 한 조가 되어 공장의 온갖 힘들고 궂은 일을 도맡아 오자 자연스레 공장 사람들은 그들을 기특하게 여겼고 어느덧 공장 사람들은 물론 공장 거래처 사람들까지 그들 셋을 가리켜 스스럼없이 삼총사라 불렀다. 그리고 그런 지칭이 본인들에게도 매우 흡족하였기에 스스로도 자신들 셋을 한꺼번에 지칭할 땐 삼총사라 말하길 거리낌이 없었다.
그리고 불과 2년 만에 삼총사의 우두머리인 승환이는 공장장 눈에 들어 주임으로 승진까지 했다.
새마을공장 경리부에는 공장장 큰 딸네미라는 경화가 승환이보다 한 해 먼저 입사하여 근무해 왔는데 키도 크고 날씬한 데다 생김새도 그런대로 예쁜 구석이 있어 처음 한 동안은 젊은 총각들의 시선을 끌어왔다.
나이로는 그보다 두 살 아래였지만 이미 까질 대로 다 까져 언뜻 보기엔 선 머슴애 같은 구석도 있었다.
그녀는 그가 입사한 이래 헌칠하고 잘 생긴 그를 유난히 집적거렸다. 그러나 아무리 그녀가 앞뒤 가리지 않고 천방지축 철없이 날뛴다한들 엄연히 누구보다 어려운 공장장 딸네미인지라 여간 조심스럽게 대한 게 아니었다.
그녀는 병적으로 성 편력이 남다를 뿐만 아니라 음욕마저 강하여 마음에 둔 남자는 어떻게든 꼬셔내고야 말았다. 그런 볼썽사나운 일들이 빈번하자 암암리에 남자 직원들 사이에선 당연한 것처럼 화두로 올려졌고 나중엔 그녀 아비인 공장장 귀에도 들어갔나 보다.
처음엔 남세스럽다 여겼던지 몇 개월간은 공장에 모습을 보이지 않다가 어느새 다시 출근하기 시작했고 그런 편력도 여전하였기에 그 짓 외엔 도무지 관심도 없는 골빈 여자처럼 보였으며 남자들 사이에선 걸레로 통하기까지 했다.

하여튼 부녀지간에 얼굴의 철판도 어지간히 두터운 게 분명했다.

사람의 심리란 묘한 것이다. 특히 이성 간에는 자석처럼 상대성이 강하게 작용하기 마련이어서 한 쪽에서 집착을 보이면 다른 한 쪽은 밀어내게 되고 한 쪽에서 밀어내면 밀어낼수록 다른 한 쪽에선 더 다가가려는 조바심이 생긴다.
그녀는 어느 한 남자에 만족하려 하지 않고 누구든 괜찮아 뵈는 남자라면 시도 때도 가리지 않고 유혹하려 들었으며 특히 요지부동인 승환이에게 있어서는 거의 발악적이었다.
"니는 가시나가 어찌된 게 정조관념이란 게 그리도 업노? 그래가지고 이담에 시집 우째 갈라꼬…."
"누가 니더러 책임지라카드나. 내도 누구한테 시집 갈 맘 추호도 업따. 그냥 재미만 보자 카는데, 머시마 새끼가 뭐가 그리 구구한 이유가 많노?"
"니는 공장사람들 얼굴보기 민망치 않나? 니가 그런 식으로 행동해 싸니 니 보구 다들 헤프다 카드라."
"내두 안다. 내 걸레라 카는 거. 글치만, 내두 내 맘대로 안 되는데 어떡카란 말이고. 그렇다고 쌩판 모르는 아무한테나 그 카는 건 아니잖아."
다른 놈들은 어땠는지 알 수 없지만 그로서는 그녀가 무작정 덤벼드는데 겁이 날 수밖에 없었다. 영석이나 덕형이는 그런 그에게 별 걱정을 다한다는 듯이 말했다.
"지 몸 못 주서 안달 난 년인데 까짓 한번 묶어주려무나. 이미 걸레로 소문난 년, 묶었다꼬 책임지라 매달릴 것도 아닌데 뭘."
"니는 생각보담 순진한 거가? 아님, 결벽증이가? 쟈가 저리 설쳐대도 쫄깃하니 맛은 엄청 좋겠더구먼."

10월로 접어들면서 제 철에 어울리지 않게 굳은비가 몇날 며칠 계속해서 내렸다. 그 때문에 국수 공장으로 들어서는 비포장 도로 축대 일부가 무너져 차량 진입이 어려워졌고 따라서 1킬로 가까이 되는 먼 길을 리어카로 일일이 재료를 받아 공장까지 옮겨야 했으며 그 일로 작업은 밤늦은 시간까지 이어졌다.
작업이 끝나고 공장장이 수고가 많았다며 건네주고 간 돈 몇 푼으로 밤이 으슥하도록 공장 경비실에 딸린 일명 숙직실이란 조그만 방에서 셋이 어울려 술추렴에 여념이 없었다.
가끔씩 공장 일로 부산을 오가는 영석이가 최근의 사태들을 입담 좋게 쏟아냈다. 교활하고 잔꾀에 능하면서도 셋 중에 가장 비위와 넉살이 좋아 으레 술자리에선 녀석이 가장 말이 많았다.
"씨발, 세상이 어찌 될라카는지 말 마라. 어찌나 데모들을 해쌌는지. 뭐 백만인지 오십만인지 쌔까맣게 몰려다니고 최루탄도 겁나게 터트리더구만. 내도 맡아봐서 잘 아는데, 그 최루탄 그거 엄청 독하데. 엊그젠가 어떤 아줌씨가 안고 있던 얼라도 그렇고 어떤 할배도 최루탄 깨스때매 꺼뻑 죽어가더구만. 오늘도 조기 조방 앞을 지나는데 먼 넘의 전경 새키털이 쌔까맣게 몰려다니는지 꼭 전쟁터 같드라. 이참에 나라 팍 망해 뿌렸음 좋겠구만."
영석이에 비해선 성격이 우직하고 꽤나 다혈질인 덕형이가 영석이의 말에 항상 삐딱하게 대응하고는 했다.
"야이 새끼야, 술맛 떨어져. 씨발 쌔끼털, 대학물 묵은 놈들이 더 설쳐. 즈그 부모덜 쌔빠지게 일해가꼬 대학 넣어주면 공부나 하고 처박혀 있을 것이지 먼 놈의 데모야 데모는… 배부른 쌔끼털 하는 짓거리라곤….”
"씨발… 나두 전경이나 지원할까부다. 새키덜 골통이나 짓이겨 보게스리….”
"에라이 자슥아. 밥 쳐 묵고 할일 그리도 업냐? 애새끼덜 꼴통이나 까부수게? 그리고 임마, 전경은 또 아무나 하냐? 것도 빽이 있어야 하는 게야.”
"걱정 마, 나두 곧 해병대 자원할끼다. 골볐다고 전경 하냐? 전경 시키줘도 안 해 임마.”
두 사람이 지껄여대는 대화를 들으며 최근의 나라 사태가 심상치 않음을 느껴왔던 승환이의 시선은 숙직실 한쪽 벽에 높다랗게 매달린 박정희 대통령 사진에 머물렀다.
얼마 전까지 공장장실에 걸려있었던 사진인데 좀 더 크고 인쇄 상태가 좋은 사진으로 교체되면서 숙직실에 걸리게 된 것이다.
대통령의 두 귀가 두 눈보다 쳐져있어 자고로 영웅은 귀가 눈보다 쳐져있어야 한다는 얄궂은 소문이 떠돌았으며, 그 소문을 들은 뒤로 대통령 사진을 볼 때마다 눈으로 가늠을 해보는 버릇이 생겼다.
물론 전혀 근거 없는 소문인데도 그럴듯하게 느껴지는 것은 무소불위의 독재자를 닮고 싶어 하는 심리가 작용하고 있기 때문일 것이다.
몇 번씩 대통령을 해 먹고도 만족하기는커녕 이젠 아예 평생 대통령을 해 먹겠다고 헌법까지 뜯어고쳤으니 나중엔 그 자식한테까지 대통령을 물려줄 요량이 아니겠나 싶었다.
하기야 절대 권력을 틀어쥔 자이니 마음만 먹으면 못 할 짓이라도 있겠는가 싶기도 했다. 대통령도 분명 국민들의 주권에 의해 뽑히는 임기가 제한되어 있는 직업인일 텐데 박정희 대통령의 경우엔 스스로 등극하였듯이 그 임기 또한 스스로 결정하고 있으니 지극히 예외인 듯 보였다.
언제 나타났는지 경화가 배시시 웃으며 방안으로 들어섰다.
"삼총사, 오늘도 한 자리에 모여 거나하게 한 잔 빨고 있네?"
"오냐, 잘 왔다. 니 일루 앉아서 이 오빠덜한테 술이나 쭉 따라봐라."
영석이가 능글맞게 그녀를 부둥켜안고 자기 옆자리에 앉혔다.
"이 야심한 밤에 말만한 처자가 쳐 잘 생각은 않고 야통에 걸리면 우짤라꼬 뽈뽈거리며 쏴다니노?"
덕형이가 승환이의 술잔에 술을 따르려다 말고 퉁명스런 목소리로 면박을 주었다.
그러나 그따위의 면박에는 이골이 난 듯 전혀 개의치 않고 영석이가 마시다 반쯤 남긴 막걸리 대접을 단숨에 비우더니 승환이 앞으로 덥석 내밀었다.
"오빠야가 한잔 따르거라."
승환이가 마지못해 그녀가 내민 대접에 막걸리를 그득 따라주자 마찬가지로 단숨에 비웠다.
"아이고, 가시나가 술 쳐묵을려고 잠자다 기어나왔나 보다. 그라고 니 쳐 묵을 술 엄따. 고마 좀 처마시라."
"아따, 머시마 새끼가 디게 쫀쫀하게 구네. 덕형이 닌 주디 닥치고 술이나 처먹어."
경화와 덕형이가 주고받는 얘기가 사뭇 험악해지자 영석이가 가로막고 나섰다.
"개한타. 내 마실 술 경아 니가 대신 마시면 안되것냐."
"근데, 안주가 이게 뭐꼬? 김치와 고구마가 다가?"
"아까까진 그래도 오징어랑 땅콩도 있었던 기라. 다 묵어뿌리서 그렇지."
"근데, 이 칼 참말로 엄청스럽구먼. 사람도 때려잡겠다야."
경화가 익숙한 솜씨로 고구마를 깎아나갔다.
"그기 회칼이란 기다. 엄청 잘 들지. 그 칼로 사람 뱃대기를 쓰윽…, 직여준다 안 카나."
"때리쳐라. 별 희얀한 소리하고 자빠졌네."
그렇게 술자리가 거나해 질수록 영석이의 그녀에 대한 집적거림은 도를 더해갔고 그녀 역시 영석이와 입맞춤은 물론 그의 사타구니에 손을 얹는 등 점점 더 노골적으로 음욕을 드러냈다.
목석처럼 술만 마시던 승환이도 두 사람의 농염한 짓거리에 자신도 모르게 속에서 질투의 감정이 드세게 이는 것을 어찌지 못했다. 당장이라도 술자리를 박차고 뛰쳐나가고 싶었지만 차마 그러지를 못하고 그들의 질탕한 짓거리를 짐짓 외면해 가며 술만 연신 들이켰다.
그날따라 그녀를 딱히 사랑하지 않으면서도 왜 질투의 감정이 솟구치는지 그로서도 그 까닭을 알 수 없었다.
막걸리가 떨어지고 됫병짜리 소주가 두 병이나 비워갈 무렵, 두 놈이 무슨 생각에서인지 갑자기 자리를 털고 일어서며 '잘 해 보라'는 말을 던지고는 방안의 불을 끄더니 밖으로 나가버렸다.
사람의 운명이란 따지고 보면 너나 예외 없이 풍전등화나 다름없다. 바닥 인생이 성공하기란 낙타가 바늘 구멍으로 들어가는 것만큼 어렵다 할 수 있겠지만 그릇되는 것은 순식간의 일이다.
이제 어느 정도 형편이 나아졌다 여겨 곧 보다 나은 기술을 익히려 큰 도시로 나가려 했었다. 따라서 나름대로 포부가 있었고 그로 인해 마음도 들떠있었다.

그런데 전혀 예기치 않은 사건의 발생으로 그의 운명은 물론 그의 어머니의 운명마저 돌이킬 수 없는 파국으로 몰고 갈 줄을 누가 알았겠는가.

그날따라 마구 들이킨 술 탓도 있었겠지만 질투의 감정을 겪고 난 뒤라 그녀의 모습이 유난히 예뻐 보였던 탓도 있었다.

단 둘만 남은 자리에서 그녀는 그의 옆자리로 옮겨와 망설임 없이 그의 옷을 벗겨나갔다. 그리고 그 역시 자신도 모르는 사이에 그녀의 손길이 이끄는 대로 자신을 송두리째 맡겨버렸다.

마침내 술상을 한쪽으로 밀어놓고 차지한 공간에서 서로 전라가 되어 부둥켜안고 음욕을 채워나가기 시작했다.

그녀는 그의 손길이 그녀의 몸 어느 곳이라 할 것 없이 닿을 때마다 간드러진 괴성을 질러댔다. 그는 술기운이 제법 도는 상황에서도 처음엔 그녀가 내지르는 신음소리를 누가 엿들을까 걱정도 되었지만 나중엔 그러한 괴성이 오히려 그의 음욕을 더욱 자극했다.

땀과 체액으로 미끈거리는 두 벌거벗은 육체가 한바탕 요동을 치더니 이윽고 잠잠해졌다.

그는 그녀의 몸 위에서 한동안 숨을 죽이고 가만히 있었다. 괜한 짓을 했구나 싶어 은근히 후회가 되기도 했다.

그때 방문이 뜯겨져나갈 듯이 요란스레 벌컥 열리더니 어둠 속에서 검정색 우비를 뒤집어 쓴 두 사내가 유령처럼 버티고 서 있는 것이 눈에 들어왔다.

그리고 곧이어 눈부신 플래시 불빛이 비춰지면서 귀에 익은 음성이 들려왔다.

"이 노무 새끼, 내 그럴 줄 알았다. 니 오늘 죽어봐라."

3

거창댁 모자는 간밤을 잠 한 숨 붙이지 못하고 뜬눈으로 서로를 부둥켜안은 채 보냈다. 동틀 녘을 두어 시간 남겨놓고 승환이가 부스스 자리를 털고 일어났다.
"어머이요. 이제 슬슬 떠날 채비를 해야 겠심다. 괜히 날 밝아 아는 사람 눈에라도 띄면 서로가 불편해 질 거 같고….'
"그래라."
"어머이…."
"……."
"지가 어머이께 지은 죄가 넘 많아….'
"아이다. 이 어미가 널 끝까지 지켜주질 몬해 내 죄가 크다."
승환이는 옷매무새를 바로하고는 그네에게 큰 절을 올렸다. 아들의 절을 받자 그네의 눈에는 다시 눈물이 그렁그렁 맺혔다.
"어델 가든지 니 몸 함부로 굴리지 말고…, 먹는 거 제대로 챙겨 먹고…."
"어머이… 지 걱정은 말고 어머이 몸이나 잘 챙기소."
어둠 속에서 아들의 멀어져가는 뒷모습을 지켜보며 한동안 그네는 속으로만 절규했다.

부디 잡히지 말고 무사히 일본이란 나라에 가서 잘 살았음 하는 간절한 바람에 두 손을 맞잡고 눈발이 어지럽게 흩날리어 희부옇게 보이는 하늘만 우러렀다.
그네가 그렇게 자식을 떠나보내고 여전히 그 자리에 돌부처처럼 꼼짝 않고 있기를 여명이 밝을 때까지 이어졌다.
태양이 붉게 그 모습을 드러내자 거짓말같이 간밤의 눈발도 멎었다. 시야는 점점 말끔하게 개이고 두텁고 하얀 솜옷으로 갈아입은 듯 마냥 포근해 보이는 삼라만상이 드러났다. 마치 한 폭의 동양화 같은 신비로움마저 자아냈다.
멀리 떨어진 인가의 지붕 위로 하얀 연기가 피어오르고 감나무의 앙상한 가지 꼭대기에서 한 쌍의 까치가 부산함을 떨며 깍깍거렸다.
"그러고 보니, 낼이 동지구만."
깜빡 잊고 있었던 사실을 떠올린 양 그네 자신도 모르게 내뱉은 소리였다.

아들을 떠나보내자 그네는 세상이 끝난 것처럼 느껴졌다. 그저 막막한 기분이 들었으며 앞으로 어찌 살아야 할지 도무지 자신이 없었다.
하루 종일 아들 방에 틀어박혀 아들의 체취만 더듬었다. 세상이 온통 텅 빈 기분이 들었다. 그간의 일들이 도무지 꿈만 같고 도무지 믿을 수가 없었다.
아들이 앉았던 앉은뱅이 책상에 다가앉아 아들이 공부하던 책들을 어루만지고 아들이 적어 내려간 공책들을 뒤적였다. 아들이 사용하던 연필이며 볼펜이며 지우개며 일일이 어루만지고 그때마다 눈시울을 붉혀야 했다.

하루해가 유난히 더디 흐르는 듯했다. 그네는 밥은커녕 물 한 모금 넘기지 못하고 하루를 보냈다. 시간이 흐를수록 허전함보다 불안감이 커져갔다.
'지금쯤 승환이는 어디쯤 가고 있을까?'
어디쯤 가고 있을지 승환이의 빠른 걸음을 어림하여 계산해 보았으나 그곳이 어디쯤인지 알 수가 없었다. 걸어가기에 먼 길이라면 차를 타고 갈 수도 있겠거니 하는 생각에 더욱 알 수가 없었다.
다행히 날은 풀렸고 하루 종일 눈도 내리지 않았다. 더불어 자식의 부산까지 가는 길만큼은 날씨처럼 맑기를 간절히 원했다.
'오늘밤엔 부산에서 일본 가는 밀항선을 탄다고 했는데….'
그네는 그네가 알고 있는 모든 신령들한테 빌고 또 빌었다.
내일까지 아무 일이 없기를 빌고 또 빌었다. 영영 자식을 못 보게 되더라도 잡혔다는 소식만은 들리지 않기를 빌고 또 빌었다.
늦은 밤부터 갑자기 기온이 내려가면서 제법 많은 눈이 내리기 시작했다. 승환이의 사진 한 장을 들고 부엌으로 건너온 그네는 뜬눈으로 밤을 밝히고 여전히 물 한 모금 입에 대지 못하고 있었다.
그렇게 조마조마한 심정으로 긴 밤을 보내고 또 다시 새날을 맞이하였다.

어느덧 해가 중천에 떴으나 그네는 여전히 부엌 바닥에 붙박이처럼 멍청히 앉아 있었다.
그때 갑자기 쌓인 눈이 뽀드득 밟히는 소리가 들리더니 동네 이장이 헐떡이며 그네를 찾았다.
"아지매 엄는교?"
"……"

집안에서 아무런 기척이 없자 그는 다시 큰 소리로 그네를 불렀다.
"거창댁 엄는교?"
"내 찾아요?"
괜한 소란에 가슴이 철러덩 내려앉아 꼼짝 앉던 그네가 겨우 들릴락 말락 한 소리로 반문했다.
부엌 쪽에서 그네의 응답이 들리자 그는 부엌으로 달려가 바튼 숨을 가다듬으며 그네의 눈치를 살피더니 목소리를 낮추어 말했다.
"아지매요, 놀라지 말고 들으시라요. 승환이가…."
"뭐라꼬요? 승환이가 어찌…?
그네는 자신의 귀를 의심했다. 그러면서 늘 불안에 떨게 했던 불길한 예감이 적중함을 느꼈다.
"지금 함양갱찰서에 잡혀와 있다카면서…."
그네는 그의 말이 다 끝나기도 전에 자지러질 듯 놀라더니 그대로 부엌바닥에 고꾸라졌다.
"아지매, 정신 차리소."
이장은 엉겁결에 찾아든 수건에 물을 적셔 그네의 이마며 목이며 송송 맺혀있던 땀방울을 닦아냈다.
한참 만에 혼절했던 그네는 겨우 정신을 수습하고 자리에서 일어났다. 승환이가 떠난 뒤로 까닭모를 불길한 생각이 자꾸 들더니만 그런 방정맞은 생각 때문에 승환이가 잡혔을 거란 자책에 견딜 수가 없었다.

그네는 부지런히 팥죽을 끓였다. 팥을 삶아 체에 걸러서 죽을 만들고 여기에 찹쌀로 새알 같은 단자를 만들어 넣어 팥죽을 한 솥 그득 끓였다.

팥죽이 다 끓여지자 뒤뜰의 반석 위에 한 그릇을 떠놓고 누구에게라 할 것 없이 간절한 마음으로 기원하였다. 그리고 집안에 있는 악귀를 모조리 쫓아내기 위해서라기보다 오히려 굶주렸을 귀신을 달래기 위해 아들 방과 마루, 부엌에 각각 한 그릇씩 떠다 놓았다.
"그래, 동짓날은 월래 팥죽을 먹어야 하는기라. 팥죽은 귀신을 쫓는다 캤거든……."
그네는 난생 처음으로 집 떠날 차비를 하고 집안을 말끔히 치웠다. 그리고 오랜 시간을 들여 정성껏 몸단장을 했다. 한쪽으로 길게 금이 간 손거울은 오랜 세월 사용하지 않은 탓으로 먼지가 뿌옇게 덮여 있었다.
입김을 불어가며 거울 면에 찌들어 있던 먼지를 닦아내고 거울 속에 비쳐진 자신의 얼굴을 찬찬히 들여다보았다.
좀처럼, 아니 일부러라도 들여다보지 않으려 했던 얼굴이었다.
거울 속에는 회색빛 머리카락이 제멋대로 헝클어진 채 자신이라고는 도무지 믿을 수 없는 잔주름투성이의 늙고 야윈 여인네가 멍청한 시선으로 마주하고 있었다.
스스로 보기에도 섬뜩한 코와 입의 모양새도 자세히 들여다 보았다.
'이렇듯 보기흉한 여편네의 몸에서 어떻게 그리 훤한 달덩이 같은 아들이 태어날 수 있었을까?'
그러한 생각도 잠시, 어느덧 거울 속의 늙은 여인네 눈가에는 눈물이 맺혀 주르륵 흘러내렸다.

그가 경화의 몸속에 사정을 하고 그녀의 몸 위에 잠시 머무르고 있을 때 느닷없이 방문을 걷어차고 들어 온 사람은 그녀의 아비인 공장장과 그녀의 외삼촌 칠구였다.

칠구는 흑곰이란 별명에 걸맞게 키도 크고 기골이 장대하였으나 일견 무식하면서도 저돌적이어서 말이 전혀 통하지 않는 사람이었다. 그는 망설임 없이 벌거벗은 채 경화의 몸 위에 엎드려있는 승환이의 허리며 엉덩이를 몇 차례 걷어차더니 잔등을 워커발로 지끈지끈 짓이겼다.
"호로새끼같으니…, 함 죽어봐라."
그때 덕형이와 영석이가 들어와서 방안의 불을 켜고 그들을 떼어 말렸다.
"느거들도 직일놈들이야."
공장장이 그 둘을 향해 귀싸대기를 날려 붙이고 멱살을 움켜쥐었다. 그러나 60대 초로에 들어선 공장장은 평소에 껄렁대던 혈기왕성한 그들의 상대가 되지 못했다.
결국 힘에 부친 공장장은 제풀에 힘없이 바닥에 나뒹굴었다.
덕형이와 영석이는 동시에 칠구에게 달라붙어 그를 승환이로부터 떼어내려 했으나 둘만의 힘으로는 고릴라 같은 칠구를 도저히 당해낼 재간이 없었다.
덩치는 그중 작아도 깡다구가 있는 덕형이가 주먹을 불끈 쥐고 있는 힘껏 칠구의 면상을 후려치자 칠구는 승환이 대신 이번에는 덕형이를 깔고 앉아 그 무지막지한 주먹을 덕형이에게 쏟아 붓고 그도 모자라 그의 목을 조르기 시작했다.
금방이라도 숨이 멎을 듯 캑캑거리던 덕형이는 등 뒤에서 칠구의 두 눈을 쥐어뜯던 영석이에 의해 칠구의 손아귀가 풀리는 틈새를 타 재빨리 빠져나온 뒤 어느새 날고구마를 깎아먹던 큼직한 회칼을 움켜쥐었다.
덕형이는 두 손으로 잔뜩 움켜쥔 칼로 한 순간의 망설임도 없이 꽂

어앉아 두 눈을 움켜쥐고 있던 칠구의 목덜미를 힘껏 내리찍고 또 찍기를 몇 번인가 반복하였다.
그러자 그의 목덜미에서는 곧 검붉은 핏물이 콸콸 솟구쳐 올랐다. 검은 우비를 걸쳐서 더욱 크게 보이는 우람한 상반신은 무너지듯 방바닥으로 기울고 잠시 후 입으로 피거품을 꾸역꾸역 게워내더니 눈알을 부라린 채 숨을 거두었다.
전혀 예기치 않은 상황이 발생하자 방안은 숨 막힐 듯한 긴장감으로 한동안 침묵이 흘렀다. 그때까지 죄인처럼 구석에서 웅크리고 있던 승환이가 놀래 벌떡 일어섰다.
"야 임마, 니 지금 뭐하는 짓이고? 니 지금 지 정신이가?"
겁을 먹기론 영석이도 마찬가지였다.
"야 새꺄! 덕형이, 니… 니… 정신 있나 읍나?"
승환이와 영석이가 동시에 덕형이에게 접근하려 하자 그들의 접근을 막으려는 듯 그 둘을 향해서 크게 칼을 휘둘렀다.
순간 승환이는 오른쪽 팔등에 서늘한 칼날이 스치고 간 느낌을 받았다. 그리고 칼을 잔뜩 움켜쥔 덕형이의 눈에 띤 살기 때문에 몸이 얼어붙는 듯하여 더 이상 꼼짝할 수가 없었다.
덕형이의 시선은 공장장을 향했다.
"느거들 와들 이카노? 참아라. 고만 참으라니깐… 우린 단지 느거들 겁만 주려 했던 기라."
공장장은 아까의 당당했던 기세와는 달리 무릎을 꿇은 자세로 덕형이 앞으로 다가오더니 두 손까지 싹싹 비벼가며 '진정하라'는 말만 되풀이했다.
"이 씨발 새끼. 겁 대가리 없이 설칠 땐 언제고…."
다시 공장장을 향해 높다랗게 치켜든 칼을 올려다 본 공장장은 숨이 턱에 닿은 듯 말문을 열지 못하고 와들와들 떨면서 오줌까지 싸질러 방안은 금방 흥건해졌다.
덕형이의 칼은 어느새 칼날을 거머쥔 공장장의 손가락들을 베어 떨어뜨리고 그의 가슴에 깊숙이 박혔다.
그때까지 벌거벗은 채 한쪽 구석에 머리를 쳐 박고 바들바들 떨고 있던 경화가 그 경황에도 틈새를 노려 방문 쪽으로 다가가려 하였다.
순간 경화에게로 다가선 덕형은 아직도 분이 풀리지 않았다는 듯이 경화의 긴 머리채를 휘어감아 쥐고 그녀의 머리를 벽에다 찧어댔다.
승환이가 나서며 덕형이의 손에 쥐어진 칼을 빼앗으려 했으나 이미 이성을 잃은 덕형이의 완력을 당해낼 수 없었다.
"그냥 놔뚜라니깐…."
"이딴 년을 뭐 때매 놔놔? 씨발년, 일을 이따위로 맨들어놓고 어딜 내빼려고… 택도 엄따. 니년이 화냥년이지, 니같은 걸레는 디져야 마땅해. 디져라 이년, 디져!"
덕형이는 그의 만류도 뿌리치고 계속 칼을 휘둘러댔다. 마치 신들린 사람처럼 보였다.
경화의 온 몸은 어디라 할 것 없이 마구 난도질 당하고 금방 도축된 살코기처럼 피투성이가 되어 한쪽으로 내던져졌다.
승환이는 비로소 칼을 힘없이 내려뜨린 덕형이로부터 칼을 빼앗아 방 한쪽 구석으로 던졌다.
그때까지 덕형이가 휘두른 칼에 베인 오른쪽 팔등에서 피가 멈추지 않고 계속 흘러내리고 있는 것조차 느끼지 못하고 있었다.
그들 중에 정신이 비교적 말짱한 영석이가 먼저 발견하고 자신의 러닝셔츠를 찢어 승환이의 팔등에 동여매자 흐르던 피도 멎었다.

어느 정도 시간이 지나자 모두들 제정신으로 돌아왔다.
세 평 남짓 비좁은 방안은 세 구의 시체와 잘려져 나간 손가락들, 그리고 엎어진 술상과 술병, 깨진 대접들과 플래시 등이 나뒹굴고 그들이 흘린 피로 처참했다.
영석이가 얼른 방안의 전구를 껐다. 더 이상 그런 참혹한 광경이 보기 싫었던 것이다.
승환이는 너무 급작스럽게 모든 일이 벌어졌다가 미처 손쓸 새도 없이 종료되어 도무지 현실감이 나지 않았다.
그때까지도 취기가 가시지 않아 마치 꿈결에서 벌어진 일들처럼 느껴졌으나 어느 순간부터 피비린내가 맡아지고 발에 밟히는 깨진 사발들과 바닥에 홍건이 괴어 미끈거리는 핏물을 느끼면서 꿈이 아닌 현실임을 비로소 실감했다.

천둥번개 소리가 요란하게 들려오면서 번갯불이 콩 볶듯 튀었다. 간헐적으로 내리던 비가 굵은 비로 바뀌면서 방문을 세차게 두드렸다. 그들 셋은 한쪽 구석에 가지런히 벽에 기대어 서로 의지하듯 붙어 앉았다.
"아, 씨발… 재수 옴 붙었네."
덕형이가 멋쩍은 듯 '씨익…' 웃으며 가늘게 떨려나오는 목소리로 침묵을 깼다.
영석이도 정신을 차린 듯 파랗게 질린 얼굴로 덕형이를 노려보며 언성을 높였다.
"씨발놈아, 그렇다고 사람까정 마구 죽일게 뭐있노? 새끼, 성질머린 드러버서…."
"새캬, 저 칠구놈이 무뎁뽀라 웬만큼 사람 말 듣나? 무조건 주먹부터 날리는 놈을 어찌 상대하노? 그라고 저 새끼 날 목 졸라 직일라 안 캤나?"
"쌔끼, 그렇다고 칼을 함부로 휘두르는 놈이 어딧노? 그라고 니 이제부텀 어쩔 낀데?"
"씨발…, 치와야 안 되것나?"
"치우긴 뭘 치와."
"그래도 치와야 안 되것나? 밖엔 비도 오고 어디 깊숙한 곳에 파묻어쀼야 안 되것나?"
"머라카노? 파묻곤 시침 떼자꼬? 아무 일도 없었던 것처럼 말이가? 무슨 수로?"
"……."
"씨발, 파묻어봤자 금방 뽀록나게 돼 있어. 그러니 그따위 헛지랄할 시간에 멀리 토끼는 게 상책이야. 니기미조또 막간 인생, 잡힐 땐 집 히드래도 잠수타야지, 젠장…."
"……."
승환이가 부스스 일어나 전등 스위치를 켰다. 나머지 두 사람은 눈이 부신 듯 한 손으로 눈을 가리며 전등을 바라다 봤다.
"와? 뭐 땜시 불을 켜노?"
영석이의 볼멘소리가 튀어나왔다. 승환이는 벌거벗은 채 나뒹굴어 있는 경화를 가리켰다.
"옷이라도 입혀주야지…."
"그냥 놔뚜라."
"그래도 넘 흉하다 아이가."
"그짓 밝히다 데진 년, 뭐 어때? 그냥 놔뚜라니까…."
오랜 침묵 끝에 영석이가 사태의 수습을 제안했다.

"함께 댕기면 잽히기 쉬우니깨… 일단 흩어졌다가 일 주일쯤 후에…, 그러니까 10월 14일 저녁 8시에 가막골… 그기서 만나자. 내 사촌성아가 일본엘 오가니깐… 일본 가는 방법을 알아볼께."
"그럼 여긴 이대로 그냥 놔뚜고?"
"치야봐야 소용 업써. 그렇게 해싸도 들통나긴 마찬가지라고… 세 사람이 사라지고… 또 우리 까정 사라진다면… 대번에 무슨 일이 일어난 줄 알고 경찰에 신고할 텐데…."
"10월 14일 저녁 8시다. 가막골에서 만나는 거 잊지 말고… 알았제?"
그들은 찬 비가 쏟아지는 어둠 속으로 뿔뿔이 흩어졌다.

다음날 아침 여전히 가랑비가 내리고 있는 가운데 새마을 공장에 출근한 공원들은 공장 경비실 방안에서 처참하게 널브러져 있는 세 구의 시신을 발견했다.
그리고 그 후로 한 시간 남짓 걸려 우비를 걸쳐 입거나 우산을 쓴 몇몇 경찰이 들어섰다. 그 가운데 조 형사와 강 형사도 끼어 있었다.
그리고 공장으로 들어서는 도로의 붕괴되었던 축대가 복구되었던지 여러 대의 경찰차와 앰뷸런스가 도착하고 곧이어 신문사 방송사 등의 기자들도 들이닥쳤다.
일이 손에 잡히지 않는 듯 공장 사람들은 사건 현장 주위에 끼리끼리 모여들어 근심스런 표정으로 낯선 이들의 행동거지를 지켜보았다.
그리고 얼마후에 좀처럼 얼굴을 보이지 않던 배불뚝이 사장 허동덕 씨도 벌게 진 얼굴로 나타났다.
"봐라, 봐라, 이게 머꼬? 이게 먼 사단이고?"
사장은 잔뜩 흥분했던지 말을 더듬었다.

몇몇 공장사람들이 사장 주위로 몰려들어 그간의 사건경위를 설명하는 듯했으나 사장은 이에 귀를 기울이지 않고 낯선 사람들 무리에서 수사 책임자부터 찾았다.

그렇게 부산하던 사건 현장도 수습한 시신을 실은 앰뷸런스가 한두 대씩 빠져나가고 경찰 차량도 기자를 실은 차량도 차례차례 빠져나가더니 마지막으로 두꺼비상의 조 형사가 그때까지 일손을 놓고 서성대던 공장 사람들에게 '촉수금지'란 팻말이 붙은 테이프가 둘러쳐진 것을 가리키며 '이 선 안에 들어서면 대번에 잡혀갈 각오를 하라'는 협박을 남기고 떠나면서 진한 회색 우비를 덮어 쓴 정복 경찰 한 명만 덩그러니 남았다. 사건 현장은 그렇게 몇 날을 더 치우지 못하게 했다.

승환이를 포함한 삼총사는 그날 이후로 공장에 모습을 드러내지 않았다.

살인용의자들이 자취를 감추자 그들의 집은 물론 공장에도 사복경찰과 취재기자쯤으로 보이는 사람들의 발걸음이 잦아졌고 공장사람들 사이에서도 온갖 억측과 소문이 분분했다.

사건이 발생하고 이틀이 지났다. 공장 사람 가운데 누군가가 들고 온 모 지방 신문에는 그간의 수사 결과가 소상히 게재되어 있었.
'지난 10월 6일 밤부터 7일 새벽사이에 함양읍 덕리 소재 경림산업 경비실에서 발생한 공장장 등 살해 사건에 대한 함양경찰서 중간 수사발표에 의하면, 당일 경비실 방바닥에서 채취한 혈액형에는 세 구의 시체에서 나온 혈액형 외에 용의자 중 한 명의 것으로 보이는 혈액형 등 모두 4종의 혈액형이 나왔다. 부녀지간인 정혁진(가명,64) 정경화(가명,23)의 동일 혈액형인 'O형'과 곽칠구(가명,38)의 혈액형인 'B형' 외에 제3자의 혈액형인 'AB형'의 혈액형이 더 있었음이 밝혀졌으며 이 AB형이 용의자 중 한 명이 흘린 것으로 추정하고 있다. 정경화의 질에서 추출한 정액에서도 AB형의 혈액형 인자가 밝혀졌다. 범행에 사용된 칼의 손잡이에서는 모두 세 종의 지문이 채취되었는데 박승환(가명,25) 김덕형(가명,24) 외에 정경화의 지문이었으며 칼날에 남아있는 지문은 손가락 네 개가 잘려나간 정혁진의 지문이었다. 그리고 소주병과 여러 잔에서 박승환 김덕형 오영석(가명,25) 정경화 등의 지문이 검출되었다. 그 외….'
그리고 사건의 경위에 대한 추정기사도 다음과 같이 게재되었다.
'지난 10월 6일 경림산업 경비실 살해사건 당일 밤에 박승환 김덕형 오영석 정경화 등 네 명이 함께 술을 먹었으며, 용의자 중에 한 명이 정경화를 강제로 욕보이다가 마침 들이닥친 정혁진 곽칠구와 심한 몸싸움 끝에… 용의자들이 우발적으로 그들을 살해하고 도주한 것으로 추정했다. 그들은….'

4

그들이 사건을 저지른 직후 국내 정세 또한 급박하게 돌아갔다. 박정희 대통령의 영구 집권을 위한 유신헌법 철폐를 위해 대학생들의 데모가 갈수록 극렬해졌다.
서울 지역에서 불붙은 데모는 전국으로 확산되어 갔고 서울 지역의 철통같은 진압을 피해 전국의 대학생들이 부산지역으로 대거 몰려들었다.
따라서 부산 지역의 데모가 걷잡을 수 없이 거세어지면서 데모를 제압하기 위해 대규모의 전투경찰 병력이 투입되고 결국 전쟁터를 방불케 하는 최악의 국면을 맞은 것이다.
페퍼포그란 최루탄 발사기가 장착된 탱크 모양의 차량이 등장하고 진압조로 불리는 빨간 모자를 덮어쓴 전투 경찰이 전국에서 차출되어 이들과 데모대 간의 치열한 전투가 전개되었다.
시위대와 진압경찰 간의 밀고 밀리는 혼전이 거듭될수록 전투 양상은 과격해지고 양쪽을 오가는 최루탄과 화염병이 난무했다.
그러나 오합지졸이라 할 수 있는 시위대에 비해 잘 훈련된 전투경찰의 대응은 철두철미했으며 시위대에 대한 진압은 점점 더 무자비하게 이루어졌다.
시민들이 지켜보는 가운데 그들이 휘두른 방망이와 방패에 맞아 수많은 학생들이 팔다리가 부러지거나 머리가 깨어지고 피를 흘리면서 쓰러졌다. 결국 그들의 과잉진압에 따른 시민들의 불만이 고조되어 시위 군중에 더불어 가담하게 함으로써 대결 상황은 더욱 악화되었다.
갈수록 투쟁 일변도로 내닫는 시위 군중의 확산을 막기 위해 박 정권은 초강경수로 대응하였다.
부산 지역에 비상명령을 선포하고 곧이어 시위대의 퇴로까지 차단하기 위해 마산과 창원 등에 위수령을 발동하여 대규모의 현역군인들이 출동, 수천 명에 이르는 시위대를 붙잡아 군사재판에 회부하였다.
그로써 '유신타도, 독재타도'를 외쳐대던 대규모 시위대는 자취를 감추고 도시의 거리들은 조용하다 못해 한산한 느낌까지 들게 할 지경이었다. 언뜻 모든 것이 제자리를 찾고 진정 국면에 들어서는 듯 보였다.

그러나 그것도 잠시, 10월 26일 유신 독재정권의 원흉인 박정희 대통령이 수하의 김재규 당시 중앙정보부장의 총탄에 의해 시해되는 엄청난 사건이 발생하였으며 권력의 진공상태에서 곧이어 새로운 군부실력자 전두환이 전면에 부상하였다.

이어 12월 6일 통일주체국민회의에서 만장일치로 최규하가 제10대 대통령에 선출되었으나 이는 전두환 군부에 의한 꼭두각시 대통령에 불과하였다.

이후 국민들이 느끼는 불안감과 긴장감은 아랑곳하지 않고 신군부에 의해 주도되는 정국은 마냥 위태로운 가운데 급물살을 탔다.

승환이는 12월 21일 밤 10시에 부산 감천항 부근의 동원어업 냉동창고 옆에 자리한 길손이란 허름한 식당에서 영석이와 덕형이를 만나기로 하였고 셋은 다음날 새벽 1시 감천항을 떠나 일본 시모노세키항으로 향하는 밀수선을 타기로 약속이 되어 있었다.

그러나 공교롭게도 혼란과 혼미를 거듭하는 국내 정세를 진화하기 위해 강화된 검문 검색에 걸려들게 된 것이다. 마치 까마귀 날자 배 떨어진 격이었다.

갑작스런 박정희의 죽음과 막강한 권력을 틀어쥔 새로운 군부의 출현, 이들 군부에 의한 꼭두각시 대통령의 선출로 이어지는 급박한 국내 정세는 결국 불안감으로 이어지고 민심이 크게 동요하기 시작하였다.

초강경파 일색의 전두환 군부는 치안을 강화하려는 목적과 시위주

동자를 발본색원하기 위한 의도로 강도 높은 연말연시 강·절도범 특별 검거령을 발동하였고 따라서 사람이 드나드는 길목의 요소마다 사람들이 몰려드는 장소마다 검문 검색을 강화하였다.

승환이는 친구들과의 약속 장소로 다가가기 위해 기껏 사람들의 시선을 피해 주로 인적이 드문 산길을 타고 걷거나 허름한 화물차 등을 얻어 탔으며 제 시간에 닿기 위해 진주에서 부산 가는 버스를 이용하려 했던 것이다.

진주 시외버스터미널에 도착하여 버스에 오르기 전에도 주의 깊게 몇 번씩 주변을 살폈다.

경찰로 보이는 사람이 전혀 눈에 띄지 않아 마침 막 부산으로 출발하려는 버스가 있기에 올라탔다.

버스가 출입문을 닫고 서서히 후진하는 것을 보며 그때서야 한숨을 돌릴 수 있었다. 그런데 스르르 미끄러지듯 후진하던 버스가 갑자기 멈춰 섰다.

불길한 예감도 잠시, 버스 출입문이 열리더니 어디서 나타났는지 두 명의 정복경찰관이 버스 안으로 들어서는 것이었다.

버스 승객을 상대로 한 불심 검문에 나선 경찰관 중 한 명은 버스 앞쪽에 위치한 출입문을 막아서고 또 한 명은 버스 안을 돌며 성인 남자는 누구를 막론하고 모두 주민등록증을 제시하기를 요구하였다. 그리고 일일이 무전기를 통해 수배 기록을 조회하는 것이었다.

조마조마한 심정으로 그의 차례가 다가오기를 기다렸다가 바로 앞에 다가 선 경찰관에게 기다렸다는 듯이 주민등록증을 제시했다.

주민등록증을 받아 쥔 경찰관이 그의 주민등록번호와 이름을 불러주자 잠시 후 1급살인용의자로서 지명 수배자란 것이 쉽사리 드러났다.

"박승환, 550922-○○○○○○○, 1급살인용의자…, 현재 지명 수배 중…."
삐삑거리는 무전기 특유의 잡음도 더러 섞였지만 무전기에서 흘러나오는 소리는 그의 귀에도 명료하게 들려왔다.
'결국 올 것이 오고야 말았다'라는 체념에 아무런 저항도 하지 않고 순순히 경찰관의 수갑을 받았다.
순간 어머니의 얼굴이 떠올랐으나 무작정 도망자의 신세로 전전하기보다 차라리 잘된 일이라고 스스로에게 다짐을 했다.
두 달 넘게 겪은 그간의 도망자 생활이 어지간히 고달프기도 했었지만 사람들의 눈을 피해 쫓겨 다니기도 지쳤으며 언뜻 제복 입은 사람만 봐도 간이 덜커덩했던 것이다.
일본으로 밀항하여 살아봤자 마음 편할 리 없을 것이다.
한때 철부지적엔 건달처럼 아이들을 두드려 패고 그 때문에 파출소나 경찰서에도 자주 들락거렸지만 그래도 그때는 학생 신분으로 전혀 두려울 것이 없었다. 그러나 두 손목에 은빛 광채가 번뜩이는 수갑을 차고 경찰서를 들어설 땐 가슴 속에 섬뜩한 회오리가 이는 듯했다. 그가 진주경찰서를 경유하여 함양경찰서로 이송되자 마침 형사과에 대기 중인, 그의 집을 풀방구리에 생쥐 드나들듯 열나게 드나들었던 예의 조 형사와 강 형사가 과장된 제스처로 그를 반가이 맞았다.
"아이고 이게 누꼬? 이렇게 허망하게 잡혀올 거 뭐 때매 숨어 댕깄노. 진작에 자수했더라면 정상참작이라도 받을 거 아이가."
"부산으로 날를라고 했다며? 하필 와 부산이고? 간도 크구마."
"세상엔 죄짓고 도망 몬 댕기네. 게다가 그렇게 뻔한 증거들을 남겨 놓고 도망 댕기면 뭘 어쩌겠다고…, 나머지 두 놈, 영석인가 하는 놈하고 또 득형이?"

"덕형이!"
"흠, 그래 덕형이 금마는 지금 어데 숨어 있노?"
"……."
"하여튼 니가 얘기 안 하려캐도 조만간 다 불게 되어 있응께."

그는 구석진 곳에 위치한 사방이 창문 하나 없이 시멘트 벽으로 밀폐된 독방에 바로 감금되고 그날 밤새도록 박득수 조사관의 심문에 시달렸다.
박 형사는 책상에 마주앉기 전에 미리 겁 좀 먹어보라는 듯 서류철을 책상 위에 소리 나게 내던지듯 패대기치고는 한동안 승환이의 눈치를 살피는 듯했다.
처음엔 멀뚱하니 박 형사를 바라보던 성환이도 그의 날카로운 시선엔 절로 고개를 떨어뜨리지 않을 수 없었다.
"요것 봐라. 요요 새파란 자슥이…, 그래 어쩌자꼬 사람을 서이씩이나 죽였노 말이다."
박 형사는 취조하는 내내 줄담배를 피워 물었고 걸핏하면 캭캭거리면서 목에 잠긴 가래를 긁어내듯 끌어올려 재떨이에 내뱉었다.
그 캭캭거리는 소리가 그라인더에 단단한 쇠붙이를 갈아대는 것 이상으로 신경에 거슬려서 그때마다 머리카락을 곤두서게 했다.
30대 후반의 박 형사는 깡마른 체구에 세필로 그은 듯 가늘고 길게 찢어진 눈과 턱 부리에 빈약하게 돋아난 턱수염으로 마치 족제비를 연상케 했다.
말투도 카랑카랑하면서 말미를 살짝 끌어올린 듯한 독특한 억양으로 사극영화에서 감초 격으로 나오는 간신배를 떠올릴 만큼 묘한 불쾌감을 자아내고 있었다.

"그날 말이다. 그러니까… 1979년 10월 6일 밤 10시경부터 그 다음 날까지 경림산업 공장 경비실에서 일어났던 일들을 차근차근 말해 보그라."
"……!"
"그러니까 너거들이 그날 밤에 세 사람이나 죽인 사건의 경위를 자세히 말해보란 말이다."
"그날 늦게까지 일하고…,"
"그라고?"
"공장장님이 수고했다며 돈을 주시기에…,"
"…….."
"덕형이랑 영석이랑 셋이서 숙직실에서 술을 먹고 있는데…,"
"…….."
"경화란 공장장님 딸이…,"
"그래서?"
"…….."
"그래서 걜 덮쳤더란 말이지?"
"예…."
"그리곤?"
"그리고…, 공장장님이랑 그 애 삼촌이 방에 들어오면서 무턱대고 때리는 바람에…,"
"그냥 때리기만 했드나?"
"예. 지도 지 정신이 아니라…."
"그래서 칼로 찔렀단 말이지?"
"예."
"그럼 덕형이랑 영석이는 그때 뭐하고 있었노?"

"개들은 말렸지요."
"그럼 개들은 말리고 니는 술김에 셋을 혼자서 죽였다?"
"예."
"그래, 니가 주범이라 치고…, 공범들은 모두 어딧노?"
"모릅니다."
"몰라?"
"예."
"니, 부산엔 뭐 때매 갈라캤노?"
"취직할려고…."
"취직? 그게 말이라꼬 하나? 사람을 서이씩이나 죽여 놓고 부산에 가서 취직한다꼬? 그걸 믿으라꼬?"
"……."
"너거들 부산서 모이기로 한 거 맞지?"
"아닙니다. 모두 뿔뿔이 흩어졌심다. 같이 움직이면 들킬 염려가 더 많을 거 같아서…."
"어차피 곧 너거들 모두 잡혀올끼다. 그러니 괜히 속일라 카지마라."
"……!"
밤새도록 똑같은 질문이 되풀이되고 그때마다 승환이의 대답도 한결같았다.
박 형사는 참을성이 도무지 없는 사람이었다. 심문 도중 공연한 일로도 신경질을 부렸으며 그때마다 볼펜이 날아들고 주먹으로 얼굴을 사정없이 때리기도 했으며 철제 의자로 부서져라 내리치기도 했다.
"임마, 니가 혼자서 다 덮어 쓰겠다고 해서 공범들을 그냥 내뿌려 둘 건 아닌 기다. 어차피 금마들이 잡혀서 니캉 대질조사도 해야 하고…, 다시 말해 니가 혼자 다 뒤집어쓴다고 일이 다 끝나는 게 아니란 말이다."
"예, 영석이나 덕형인 아무 죄가 엄씨요. 참말임다."
"그렇잖아도 니한테 모든 정황이 불리하게 되어 있어. 경화의 보지에서 니 정액이 나온 것하며 범행에 사용된 칼자루에서도 니 지문이 나온 것하며 방바닥에서도 니 혈액이 채취된 것하며…, 그러니 니 혼자 서이를 죽였다면 니는 데꺼덕 사형을 면키 어려울 끼다. 특히 지금이 어느 때고? 지금은 전시 상황이란 말이다. 그러니 재판도 여느 재판하곤 달라. 군사재판 모리나? 그냥 한 방으로 끝나삐는 거여."
"예, 각오하고 있습니다."
"……."
계속 긴장된 상태로 지내온 데다 지난 이틀간을 잠 한숨 자지 못하고 게다가 열 시간 넘도록 화장실 두 번 다녀온 것 외엔 추운 골방에서 딱딱한 철제의자에 앉혀져 고문에 가까운 취조를 당하다보니 몸과 마음은 이미 지칠 대로 지쳐 있었다.
취조실은 사방이 밀폐되어 있어 주야로 천정에 매달려 있는 백열등으로 방안을 밝히고 있었다. 따라서 시간의 흐름을 예측하기가 어려웠다. 그런데 그런 몽롱한 상태에서도 느낌만으로 날이 밝아왔음이 감지되었다.
박 형사도 꼬박 밤을 지샌 탓에 지쳤던지 말 수가 뚝 떨어졌다.
한동안 조는지 골똘한 생각에 잠겨 있는지 고개를 수그리고 있던 그가 갑자기 머리가 근지러운 듯 머리카락 사이로 손가락을 쑤셔 넣어 한참동안 박박 긁어대더니 빗을 끄집어내어 헝클어진 머리카락을 다시 정성껏 빗어 넘겼다. 그리고 담뱃불을 붙이려다 말고 승환이에게 담배 한 대를 권했다.
"담배 피우나?"
"못 피우는데요."
"그라지 말고 한 대 피우거라."
"괜찮습니다."
"짜슥, 한 대 피우래도…."
승환이는 마지못해 박 형사가 권하는 담배를 받아 물었다.
박 형사는 그의 담배에 지퍼라이터를 들이대고 불을 댕겼다.
"니는 거짓말 할 때마다 얼굴에 대번에 표 난다. '지는 고짓말 몬 해요'라고… 니가 뭐 때매 다 덮어쓰려고 하노? 공장 사람들 말로는 니는 사람을 직일 위인은 절대 몬 된다 카더구만. 그러니 나머지 놈들은 어디 숨어있나 말해 봐."
"모르지요. 그날 이후 모두 뿔뿔이 흩어 졌응께."
"그럼, 니 혼자 모든 죄를 뒤집어 쓸 끼가? 참 짜슥이 답답하게 구네. 공장사람들 말로는 니 보담 그 덕형이란 놈이 문제 많은 놈이라 카든데, 니가 저지르지 않은 걸 와 자꾸 덮어 쓸라카노."
그를 밤새도록 취조했던 박 형사는 아침에 교대해 들어 온 조 형사에게 취조 진행 상황을 대충 설명해 주면서 혀를 끌끌 찼다.
"저 자슥 고집도 어지간하더구먼. 진짜 쇠고집이야. 점마 눈빛만 봐도 알겠지만 결코 사람 죽일 위인은 못 되더구먼. 그런데도 무조건 지가 죽였다는 거여. 그것도 순 어거지라는 게 금방 드러나지만… 뭘 어쩌겠다는 건지…."
"나머지 두 놈 행방은 여전히 모른다 카고?"
"표정으로 봐선 분명 아는 눈치던데 죽기를 작정했던지 무조건 모른다는 거여. 어이없는 놈이제?"

이튿날 날이 밝자 그가 경찰에 잡혔다는 소식을 전해 들은 유족들이 들이닥치고 좀처럼 물러서려 하지 않는 유족들로 함양경찰서 안은 한동안 시끄러웠다.
"니가 인간이여? 그래도 공장장이 니한테 을매나 잘해줬다고… 그려, 니를 자슥처럼 생각한 사람에게 은핼 갚기는커녕 되려 칼로 찍어 직이는 놈이 어딧노. 처 직이뿌도 시원찮을 놈 거트니라고…."
"그래 경화는 와 직였노? 입이 있음 말 좀 해 보그라."
"아이그, 난 몬 산다. 사람 서이씩이나 직이고도 니가 짐승이제 사람이가? 저런 놈은 땡크 부르도자로 확 깔아뭉개 직이뿌야제."
유족들을 따돌리고 다시 으슥한 골방에서 조 형사의 취조가 시작되었다.
"너거 어매 참 안됐더라. 니 어머닐 위해서라도 니가 살 방법을 강구해야 안되것냐."
"……."
"박 형사가 엔간히 쎄게 했나보구만. 얼굴이 영 몬 쓰게 됐는데? 밥은 묵었나?"
"……."
"새끼, 밥을 묵었냐고 물었잖아."
"아직요."
"그려? 그럼 곰탕 한 그릇 시켜줄 테니 묵으면서 잘 생각해 보그라."

오후 느지막한 시각에 거창댁이 함양경찰서로 들어섰다.
칠구의 아낙 되는 여자가 먼저 발견하고 그네에게 짐승처럼 달려들었으나 마침 경찰서로 들어서는 강 형사에 의해 뜯어말려지고 그네의 품에 안긴 팥죽이 든 단지도 온전할 수 있었다.
그네는 마침 비어있던 형사과장실로 안내되어 조 형사와 강 형사 등 두 형사와 마주앉았다.
"이거 보이소. 선상님들. 내 아들놈 사람 안 직였구만요. 제게 분명히 말했구만요. 절대로 사람 안 직였다고… 저는 알아요. 지 아들넘은 절대로 거짓말 못하요."
그네의 목소리는 그네의 의지와는 달리 점차 잦아들었다. 가뜩이나 언청이로 발음이 새서 알아듣기 어려운데다 그나마 넋 나간 사람마냥 주절대는 그네의 목소리가 알아듣기 어려울 지경이었으나 조 형사나 강 형사는 그래도 그네의 말을 유추하여 겨우 알아들을 수 있었다.
그들은 그네의 집에서와는 달리 그네에게 함부로 대하지 않았다. 오히려 그네의 처지를 십분 동정하는 듯 그네를 대하는 태도도 사뭇 부드러웠다.
그간의 수사 진행과정에서 얻어진 여러 정황으로 미루어 볼 때 승환이가 절대로 사람을 죽이지 않았을 것이란 확신도 있었지만 승환이의 훤한 생김새에 절로 매료된 때문이기도 하였다.
따라서 진범으로 추정되는 영석이와 덕형이의 검거가 자칫 장기화될 경우 추상같은 군법재판에 의해 사형으로 언도될 공산이 크고 그에 따른 형 집행도 신속하게 이루어질 것이라 여겨져 내심 승환이의 솔직한 진술이 시급하다고 여겼다.
"아지매요, 아지매가 그런 말 해봐야 무슨 소용이 있갔소. 승환이가 지가 사람을 서이씩이나 죽였다고 저리 버티는데 아지매가 설득해야 잖소. 아직까지 두 놈은 잡히지 않고, 또 모든 증거들이 승환이에게 불리하니 두 놈이 재판이 끝날 때까지 끝내 잡히지 않는다면 어쩜 아들은 사형선고 받아 죽게 될지 몰라요. 지금은 때가 하도 시끄러울 때라 제대로 변론도 몬 하고 죄도 엄청 무겁게 매긴다요. 그러니 먼저 영석이랑 덕형이부터 잡아야 안 되것소. 어쩜 두 놈이 붙잡히면 승환이 죄가 훨씬 가벼워질지도 몰라요. 그라고…, 승환이 점마 참 잘 생겼구먼요. 그런 잘난 아들 잃어서야 쓰갓어요?"
"그러니까 걔들만 잡히면 승환이는 죄가 가벼워질 수 있다카는 말이 진짜라요?"
"그럼요, 걔들이 사람을 직인 거라면 승환인 사형을 면할 수 있다 카는 겁니다."
그네의 얼굴이 모처럼 밝아지는 듯했다. 아들이 살 수만 있게 된다면 무슨 짓이라도 못하겠나 싶었다.
"야, 선상님들. 잘 알겠구만요."
"승환이가 죽고살고는 아지매한테 달렸으니 단디 설득해야 돼요."
그네는 강 형사에 의해 승환이가 갇혀있는 독방으로 안내되었다. 불과 하룻밤 새 몰라보게 수척해지고 게다가 한쪽 광대뼈 부위가 시퍼렇게 부어오른 그를 보자 그네는 자지러지듯 울음을 토해냈다. 그러나 그네의 울음소리는 너무 가냘프게 주위만 맴돌았다.
"승환아. 이놈아! 이게 무슨 일이고?"
"어머이요…!"
"니가 사람도 안 직였다믄서 와 니가 잡혀있으야 카노 말이다."
"어머이요, 지가 사람은 직접 안 직였어도 옆에서 지켜보고만 있었응께 직인거나 매 한가지라요."
"……."
그네는 아들의 두 손을 꽉 움켜잡았다. 그네의 두 눈은 눈물로 그득 채워져 있어 금방이라도 후두둑 소리와 함께 쏟아져 내릴 듯하였다. 승환이는 차마 그네의 두 눈을 마주보지 못하고 고개를 숙였다.

잔병치레 한 번 없이 늘 건강하고 힘이 넘쳐 보였던 어머니의 예전 모습은 사라지고 지금은 금방이라도 힘없이 바스라질 것만 같은 한 줌밖에 되지 않는 초라한 모습으로 바뀌어 있었다.
이런 모습의 어머니를 두고 형장의 이슬로 사라지는 것이 너무 억울하다는 생각이 문득 들었다.
그러나 이젠 되돌릴 수 없는 일이 되어 버렸다. 아직까지 영석이나 덕형이가 잡히지 않은 것으로 보아 틀림없이 일본 밀항에 성공했음이 분명하였다.
따라서 지금까지의 진술을 번복해 보았자 정작 주범을 놓치게 하였으니 결과는 달라질 것이 전혀 없을 것이다.
"내 정신 좀 보그레이."
그네는 아들 앞에 팥죽을 내 놓았다. 오는 동안 내내 식지 말라고 품속에 넣고 온 팥죽은 그나마 온기가 남아 있었다.
목이 메어 먹지도 못하는 그를 보자 그네 역시 목이 메었다.
"승환아. 선상님들 말로는 영석이랑 덕형이가 잡히면 니 죄가 가벼워진다카드라."
"어머이요. 다 쓰잘 데 업는 짓이라요. 그렇다고 죄가 얼마나 가벼워지것소."
"그렇다고 속절 업씨 죽을 순 없다 아이가."
"그라고…."
"그라고 와?"
그네는 다그치듯 되물었다.
"영석이랑 덕형이는 벌써 일본에 도착했을 끼구만요."
"그렇나? 그라마 어째되는 기고?"
"그렇담 절대로 못 잡습니다."

"그라마 와 그 얘기를 진작에 선상님덜한테 안 했노?"
"진작에 했다면 일본으로 가기도 전에 붙잡혔을 낀데 우째 말해요?"
"……?"
그네는 벌어진 입을 다물지 못하고 자식의 눈만 뚫어져라 쳐다봤다. 그네의 얼굴은 절망감으로 인해 점점 흙빛으로 변해갔다.
승환이는 말없이 뚫어져라 쳐다보는 어머니의 표정이 갑자기 낯설어지며 지나치리만큼 황량하게 느껴져 겁이 덜컥 났다. 무슨 큰일이라도 곧 일어날 것만 같았다.
"어머이요!"
"……!"
"어머이!"
"……."
승환이는 그네의 두 손을 움켜쥐고 철든 이래 처음으로 큰 소리를 내어 울부짖었다.
친구가 저지른 죄를 대신하여 덮어쓰고 그들이 도망갈 수 있도록 지켜준 것이 의리 때문이었다면 가장 소중한 어머니를 위해서는 더할 나위없는 불효를 저지른 것이 틀림없다는 생각이 들었던 것이다. 왜 그동안 어머니에 대한 배려를 눈곱만큼도 하지 않았을까 하는 자책감에 견딜 수가 없었다.
"어머이… 참말로 죄송합니다. 지가 어머이께 너무 큰 죄를 저질렀습니다. 어머이…."
한참 만에 그네는 제 정신으로 돌아왔다. 그네는 울먹이는 아들을 그제서 발견하고 아들의 두 손을 끌어다 뺨에 비벼대었다.
서로가 저만 살겠다며 이웃들을 죽음으로 몰아갔던 고향 사람들의 그런 얄팍한 간교함을 살아오는 동안 한시도 잊은 적이 없었다.

그런데 지금 마주보고 있는 아들은 친구가 저지른 허물을 덮어쓰고 죽음까지 각오하며 그들을 보호하려 했던 것이다. 아들이 미련스럽다기보다 오히려 믿음직스럽게 보이고 우러러 뵈었다.
"아이고. 불쌍해서 어떠카노. 우리 아들…."
그네는 더 이상 할 말을 잃고 목이 메어 울기 시작하였다.

면회가 끝나자 강 형사는 그네를 경찰서 정문까지 바래다 주었다. 강 형사는 머무적거리는 그네에게 다음날 오전 10시경에 면회가 가능하고 면회 시간도 특별히 더 길게 잡아 줄 것이니 내일 다시 들르라 하였다.
그네의 모습이 하도 측은하게 느껴져서인지 되돌아서던 발길을 다시 돌려 그네에게 거처를 정했냐고 물었고 그네는 잠이야 어딜 가면 잘 데가 없겠냐고 대답했다.

5

함양 시외버스정류장 대기실 안의 투박스럽게 뵈는 무쇠 난로도 두 시간 전쯤 마지막 버스가 떠난 뒤로 더 이상 조개탄이 공급되지 않자 싸늘히 식어가기 시작했다.
한쪽 벽면의 불조심 포스터와 현상 수배범 얼굴들이 나열되어 있는 전단 위쪽으로 단조로운 둥근 모양새의 대형 벽시계가 11시 26분을 가리키고 있었다.
추위와 눈보라를 피해 대기실에 모여 있던 사람들이 하나 둘 빠져나가고 이젠 한쪽 구석에서 미동도 않고 목불처럼 앉아있는 그네와 난롯가에 바짝 다가앉아있는 두 사내만 남아있을 뿐이었다.
일용 노가다인 듯 보이는 허름한 차림새의 두 사내는 옷깃을 잔뜩 여미고 마지막 열기라도 얻으려는 듯 난로 뚜껑 위에 두 손을 가지런히 올려놓고 있었다.
"아이고 눈도 엄청시리 오네."
"보아하니 앞으로도 몇날 몇칠 엄청스리 더 올 모양이구만."
"또 먼 놈의 날씨가 이리도 춥다냐?"
"그러게 동짓날 아닌가베?"
"동짓날에 눈이 많이 오고 날씨가 추부면 풍년 들 징조라 안 카드나?"
"하머."
"그라마, 눈 많이 오고 날씨 추분께 그게 결국 좋은 거란 말이제?"
"그렇다니까."
"일년 중 밤이 개장 길고 낮이 개장 짧은 날이 동지라는 게 맞아?"
"그렇다는구만."
"니기미떠그럴. 풍년들면 머하노? 당장 묵고살게 막막한데."
"캬~! 이럴 때 한잔 땡겨야 쓰는데."
"니기미… 니 그카지 말고 쐬주 딱 한 병만 사그라."
"둔 엄따, 묵고 죽을라캐도…."
"에라이 그지 발싸개야!"
"……!"

한 사내가 그네를 돌아보며 걱정스럽다는 듯이 말을 건넸다.
"아지매요, 이제 더 이상 기둘려 봐야 차도 업승께 집에 들어가야 안 되요?"
"……."
그네로부터 아무런 반응이 없자 나머지 한 사내가 이유 없이 킬킬거렸다.
"혹 주무실 데가 업써서 그런 건 아닌감요?"
"……."
"아지매요!"
"예, 지 걱정일랑 말고 먼저 들어가요. 지도 곧 일어 설낑께."
그때 대기실 안쪽의 문이 벌컥 소리 나게 열리더니 한쪽 다리를 크게 저는 60대 초반쯤으로 보이는 비쩍 마른 노인이 긴 자루가 달린 수수 빗자루와 역시 긴 자루가 달린 한 말들이 식용유 깡통을 반으로 절개하여 만든 쓰레받기를 양 손에 하나씩 들고 나타났다.
그리고는 어울리지 않게 카랑카랑한 목소리로 잔소리를 퍼붓는 것이었다.
"아니, 안즉도 안 가고 뭣들 하는 거여? 빨랑빨랑 안 나갈 거여?"
그러면서 신경질적으로 먼지가 풀풀 일게 마구 비질을 시작했다.
"참 성질 한번 딥따 고약한 영감탱이구만. 나가면 될꺼 아냐."
쫓기듯 나가는 와중에도 사내 하나가 대거리하며 대기실 바닥에다 가래침을 탁 뱉어냈다.
"저런…!"
노인은 대기실을 빠져나가는 사람의 뒤를 향해 뒤늦게 빗자루를 후려치듯 휘둘러댔다.
그네는 대기실을 빠져나온 뒤 인적이 끊긴 도로를 따라 느릿느릿 걸었다. 낯선 곳이라 어디가 어디인지 알 수는 없었지만 무작정 걷고 또 걸었다.
온 피부에 와 닿는 겨울 바람이 칼날처럼 예리하게 피부를 도려내 듯 후벼 팠으나 도무지 추위를 느낄 수가 없었다.
시커먼 밤 하늘에 달도 별도 보이지 않았지만 이미 두텁게 쌓인 눈빛만으로도 사위의 사물을 분간할 수 있었다.
그렇게 한참을 걷다보니 피곤하기도 했지만 나른하게 졸음도 왔다. 관공서쯤으로 보이는 어느 건물 앞에 이르자 쉬어갈만한 장소가 눈에 띄었다. 건물을 등지고 키 작은 측백나무들이 가지런한 화단 턱으로 마치 앉아 쉬어가도록 특별히 푹신한 솜 방석을 깔아놓은 듯이 보였다.
그네는 승환이가 먹다 남긴 팥죽이 든 단지를 품안에 소중하게 끌어안고는 그 화단 턱에 다가가 단정한 자세로 걸터앉았다.
"그래. 참 오늘이 밤이 가장 길다는 동짓날이제."
그네는 혼잣말로 중얼거렸다. 잠시 그쳤던 눈이 다시 내리기 시작하여 어느덧 시야를 흐리게 했다.
그네는 머리며 어깨며 단지 위며 무릎 위에 쌓이는 눈을 전혀 의식하지 못하고 추위마저 느끼지 못했다. 그네의 마음은 오로지 그네의 아들 승환이에게로 가 있었다.
그네는 비로소 제 자리를 찾은 듯 그렇게 편안한 자세로 동그마니 앉아 있었다.

시간이 지날수록 눈발은 점점 더 굵고 거세어졌다. 내리는 눈은 그네의 온 몸을 하얗게 그리고 두텁게 덮어갔다.
이제 미동도 않는 그네는 눈으로 수북하게 덮여 있어 마치 아담한

눈사람처럼 보였다.

시간이 많이 흘렀다.
거세게 불던 바람도 한결 수그러들었다.
눈은 여전히 세상의 허물을 모두 덮으려는 듯 소담하게 쏟아지고 있었다.
사위는 아직 어두운데 저 멀리 어디선가 새벽예배를 알리는 성탄절 캐럴송이 무심하게 들려왔다.

'고요한 밤… 거룩한 밤… 만상이… 잠든 때….'

074 | 동지冬至 꽃 외 3편 | 은유시인 김영찬

나비되어 '훨훨' 날다

1

박태봉朴太峰, 그는 1878년 6월생으로 이름과는 달리 체구가 무척이나 왜소하고 또한 흉측하기 이를 데 없는 기형奇形을 지니고 태어났다. 안짱다리에다 뒤틀린 척추 등으로 곱사보다도 못한 추한 몰골을 지녔다.
그의 어미 새실이는 비록 천한 종년이었으나 이목구비가 제법 반듯했고, 아비는 대구부 월배면 산골마을이지만 일대에선 제법 떵떵거리는 양반이자 대지주인 박두만朴斗萬 참봉이었다.

"에이그머니낫!"
"아니…… 이게 뭐꼬?"
그가 태어났을 때 그를 본 사람들의 놀라움은 곧 두려움으로 바뀌었다. 자손이 없던 박 참봉의 오랜 기대는 낙담으로 변했고 끝내는 하늘의 저주가 내린 것이라 믿게 되었다.
처음 새실이의 배가 불러오기 시작하고 만삭이 되었을 때까지만 해도 박 참봉은 천한 상것이라 하여 가까이하지는 않았지만, 내심 그녀에게서 생산될 아기에 대해 은근히 기대를 해왔다.
그러기에 다른 종년을 시켜 먹을 것을 더 챙겨주게 했고 가급적 몸

편히 쉴 수 있게 배려했던 것이다.
그러다 막상 새실이가 그를 낳았을 때, 아기라고 태어난 그를 본 모든 아낙들은 물론 박 참봉도 경악을 금치 못했다. 도무지 아기라고 할 수 없는 괴상망측한 몰골, 그런 흉물도 없었다.
체구도 유별나게 작았지만 뼈대도 유난히 가늘고 뒤틀렸으며 생김새 또한 지극히 혐오스러웠다. 아무리 눈 씻고 봐도 정이라곤 손톱만큼도 가지 않는 아기였다.
박 참봉은 먼저 가솔家率들에게 입 조심하라는 엄명을 내렸다.
양반 체통만을 중시 여겨 온 박 참봉은 자신의 소작농뿐만 아니라 일대의 민초들에겐 절대적 권력을 휘둘러왔으며, 그의 눈 밖에 나면 생계유지는커녕 목숨을 부지하기도 힘들었다.
그러나 박 참봉이 아무리 무섭기로 소문만큼은 단속하기 어려웠다.
'박 참봉 댁에 괴물이 태어났다.'
'박 참봉 댁은 운運이 다했다.'

박 참봉의 가문은 200년 넘는 세월, 7대에 걸쳐 영의정, 판서 등을 배출해 낸 그야말로 무소불위의 가문이었다. 그러나 안동 김 씨의 세도정치로 내몰리고 이제 박 참봉의 말년에 이르러 가세가 급격히 기울더니 자손마저 없어 대까지 끊길 위기를 맞았다.
원래 박 참봉은 본 부인과의 사이에 아들이 하나, 그리고 첩과의 사이에서도 아들 하나와 딸 하나가 있었다. 그런데 불행하게도 본 부인한테서 태어난 아들은 일곱 살을 고비로 성홍열猩紅熱을 앓다 죽었고, 첩이 낳은 아이들도 그로부터 2년 후 한 날 한 시에 화재로 잃었다.
그의 입장에서는 한순간에 일어난 일들이라 망연자실할 새도 없었다. 그리고 태봉이가 태어나기 훨씬 전인, 20년도 더 이전에 벌어졌던 일들이었다.

그때까지만 해도 박 참봉은 그리 서두르지 않았다. 양반이요 대지주로써 추상같은 위엄이 있었고 나이도 비교적 젊었기 때문이다.

그러나 몇 년이 지나도록 본 부인과 첩한테서는 더 이상 태기胎氣가 비치지 않았다.

끝내는 숱한 첩실妾室을 들였고 홀몸인 종년마다 건드리지 않은 년이 없었다. 그래도 그의 바람처럼 아이가 생기지 않았다.

세월이 지나고 나이가 더해갈수록 온갖 좋다하는 약재처방은 물론 한방치료에도 불구하고 몸은 자꾸 여위어갔으며 양기陽氣 또한 하루가 다르게 쇠락衰落해감을 막을 수는 없었다.

자연히 박 참봉은 초조해질 수밖에 없었고 대를 잇기 위해 어떠한 짓도 서슴지 않게 되었다.

열흘이 멀다하고 신통하다는 무당을 불러 푸닥거리를 했고 용하다는 중을 데려다가 철야독경도 마다않았다. 그 외에도 별별 희한한 처방을 다 따랐으나 전혀 효험을 보지 못했다.

결국 자신이 '씨 없는 수박'임을 깨달았어도 끝내 자식에 대한 미련을 버릴 수가 없었던 것이다.

그런 박 참봉에게 그것도 쉰다섯이란 적잖은 나이에 뜻밖에도 그가 범한 종년이 수태受胎를 하게 된 것이다.

처음엔 그럴 리가 없다는 생각에 멀쩡한 새실이를 의심하기도 했다.

어쨌든 대를 이을 수 있게 되었다는 생각에 밤잠을 설칠 지경이었고, 하루하루 그녀의 배가 불러오는 것을 보는 것만으로도 입이 저절로 벌어졌었다.

"저 흉물은 대체 뉘 씨던고?"
"……."
"왜 대답을 못하느냐?"
"나으리 마님…… 죽여주시요."
"뉘 씨라 묻지 않던고?"
"나으리 마님……. 그런 일은 절대 없구만요. 믿어주시요."
"내다 버리든, 아님 땅에 파묻든 해라."
"나으리 마님……."
박 참봉 또한 새실이를 윽박질러보았자 뻔 한 대답이 나오리란 예상은 했다. 그가 그녀를 간택簡擇한 이상 그 누구도 그녀를 범할 수가 없었던 것이다.
따라서 누구보다 그녀의 결백을 그 자신이 잘 알고 있었기에 비록 흉물로 태어났다지만 엄연히 자신의 자식임은 분명했다.
그렇지만 박 참봉은 대가 끊기는 한이 있더라도 그런 흉물을 자식으로 받아들일 기분이 아니었다.
박 참봉은 흉물일지라도 엄연히 자신의 자식인지라 그를 어찌하지는 못했으나 결국 드러내놓고 외면하기에 이르렀다.

새실이는 제 배 아파 낳은 혈육이요, 태어난 이래 늘 천대받는 못난 자식이기에 피맺힌 심정으로 두 눈두덩이 짓무르도록 눈물 속에 그를 보듬었다.
그러나 그가 자라면서 또래와 전혀 어울리지 못하는 것이 마음에 걸렸고 그로인해 속을 무던히 끓였다. 나중엔 늘 천덕꾸러기로 핍박을 당하면서도 히죽거리며 노여움조차 표현 못하는 그가 측은하다 못해 증오하는 마음까지 들었다.

그리고 점차 극심한 체벌까지 서슴지 않게 되었다.
"에고……, 이 웬수야! 차라리 어데 가서 데져버려라."
"어무이…… 잘못했씨요."
"니가 뭘 잘못했간디?"
"안…… 그럴게요. 잘못했씨요."
"에라이…… 쳐직일 놈아."
그런 어미마저도 그가 일곱 돌을 맞기도 전에 원인 모를 병으로 시름시름 앓아눕더니 병을 추스를 새 없이 저 세상으로 갔다.
약 한 첩 제대로 얻어먹지 못하고 속엣 것을 잔뜩 게워 낸 채 눈을 벌겋게 까뒤집고 죽어 자빠진 어미의 젖꼭지를 빨고 잠들어 있던 그를, 박 참봉은 '꼴도 보기 싫으니 어미와 함께 야산에 갖다 묻으라' 하였다.

그는 유년 시절을 전혀 배우지도 못하고 지났다. 아무도 돌봐주는 사람이 없어 눈치껏 얻어먹고 눈치껏 끼어 자야 했다.
머슴들이나 종년들조차 '불쌍한 것'이라며 측은해하면서도 공연히 미워했고 한편으론 심술도 부렸다.
그는 마을 아이들의 놀림감으로 때론 화풀이 대상으로 그리고 마을 사람들로부터 잔혹하고 은근한 쾌락적 학대 속에 자신을 점점 잃어갔다.
가뜩이나 왜소한 그의 체형도 나이들 수록 점점 위축되고 뒤틀려 갔으며 등뼈도 점점 굽어 곱사와 흡사하게 변해 갔다.
나이들 수록 그는 더 모진 학대를 견뎌내야 했다. 특히 그해 소출이 떨어졌다거나 흉년이라도 들면 며칠씩 굶기기가 일쑤였다.
담벼락에 기대앉아 허기에 져 까부라진 그에게 마을 아이들은 똥 반

모래 반인 상한 먹을거리를 강제로 먹이기도 예사였고, 심지어 죽은 지 오래인 구더기가 버글거리는 쥐의 사체까지 그의 입에 쑤셔 넣기까지 하였다.
그렇듯 집 안팎 모든 이들로부터 모진 학대와 굶주림 속에서도 그의 생명은 모질게 이어갔다.

2

그는 뒤틀리고 보잘것없는 외모와는 달리 심성이 고운 것이 누구를 미워한다거나 자신의 출생에 대한 원망을 가져본 적이 없다.
무지막지한 육체적 가학도 그 고통을 초인적 인내로 견디었고, 어떠한 모멸도 둔감한 체념으로 받아들였다.
몸이 아프면 아픈 대로 몸이 불편하면 불편한 대로 견뎌낼 줄 알았다. 남들의 건강함과 남들의 풍족함을, 그리고 남들의 활달함을 결코 부러워하지 않았으며 오히려 그러한 것들을 봄으로써 자신의 즐거움으로 삼았다.
그가 그래도 박 참봉 댁에서 쫓겨나지 않고 연명해 온 것은 박 참봉의 그에 대한 무한대의 질시 속에서도 함께 공존하는 그에 대한 일련의 연민 때문이었다.
분명 자신의 친자임에도 불구하고 그러한 흉물을 자식으로 인정할 수 없는, 그래서 더욱 박 참봉은 그가 당하는 고통을 즐기면서도 한편으론 가슴이 절로 미어지는 것을 어찌할 수 없는 그런 이중적 쾌락을 탐닉해 왔던 것이다.
"아이고……. 뭔 넘에 꿈자리가 이렇게 뒤숭숭 하제?"
박 참봉은 그로 말미암아, 특히 그에 대한 학대가 가중될수록 잠자리에서 소스라치듯 가위에 눌려 깨어나기를 수없이 되풀이하였다. 그때마다 '내가 죽어 지옥에 가지'라고 되뇌면서도 결코 그에게 너그러울 수 없는 자신을 주체할 수 없었다.
그가 박 참봉 댁에서 하는 일이라고는 기껏해야 허드레 일에 불과했다. 왜소하고 허약한 체구로는 웬만한 짐도 견디지 못하고 웬만큼 힘을 쏟는 일도 감당할 수 없었다.
따라서 마당을 쓸고 집 주변의 잡초를 뽑는다거나 100여 수 기르는 닭장 청소와 닭의 모이주기 따위가 그의 몫이었는데, 그나마도 그에게는 힘에 부치는 일거리였다.
그러나 아무리 힘에 부치는 일거리라도 그에게 부여된 이상 그 일이 마무리될 때까지 일손을 결코 멈추지는 않았다.

"이 댁 박 참봉 어르신이 니한텐 생부임을 잊어서는 안 된다."
"예."
"그리고…… 이 말을 결코 입 밖에 내서도 큰일이 날꺼. 그땐 널 직이려 들 끼구먼."
"예, 알았씨요."
"아이고…… 불쌍한 놈……."
그는 어미 살아생전에 박 참봉이 아버지 되는 사람임을 몇 번이고 되새겨 들었다. 그렇다고 그가 박 참봉을 아버지라 불러 본 적도 없을뿐더러 아버지라고 생각해 본 적도 없었다.

박 참봉은 그에게 있어 너무나 높직한 곳에 위치한 바람 같은 존재라고 믿고 있을 뿐이었다.

그는 박 참봉을 직접 대면하여 바라다 본 적이 없었다. 멀찍감치 보이는 모습일지라도 감히 바로 보지 못하였다. 왠지 두렵고 감히 보아서는 안 될 존재처럼 느꼈기 때문이다.

어미가 살아 있을 땐 비록 허름하고 비좁을지언정 그래도 어미와 함께 방이라 할 수 있는 곳에서 잠을 잤다.

그러나 어미의 시신이 멍석에 둘둘 말려 머잖은 야산에 까마귀밥으로 버려지고 난 이래 추울 땐 소여물 끓이는 아궁이 곁이, 그렇지 않을 땐 외양간 한쪽 구석이 그의 잠자리였다.

그는 어미를 잃은 이래 헤아릴 수 없이 그녀의 모습을 떠올리며 그녀의 품속을 그리워하였으나, 어느 때부터인가 어미가 과거와는 사뭇 다른 느낌으로 더욱 사무치게 그리워지기 시작했다. 철이 들면서 그 그리움의 실체를 더욱 분명히 자각하게 된 까닭이었다.

그가 열다섯을 맞던 해였다. 박 참봉 댁에는 자청하여 종년으로 굴러들어 온 30대 중반 남짓의 나이를 먹은 언년이라는 계집이 있었다. 얼굴이 심하게 얽은 무뚝뚝한 여자로 평소엔 말은 없으나 힘깨나 쓰고 부지런하였다.

이 언년이가 비록 무식하고 그 겉보기가 험상궂을지언정 의외로 속정이 깊은 여자였다.

언년이가 그에게 달리 정을 표하는 일은 없었으나 그를 볼 때마다 어느 땐 한숨을 쉬고 측은한 마음을 사려 먹는 경우가 많았으며, 특히 누구를 막론하고 그를 못 살게 괴롭히는 것을 볼 땐 그의 앞을 가로막아 방패막이가 됨을 서슴지 않았다.
"지발 부탁인디요. 고만 기롭혀요."
"지대로 묵지도 몬 하고 지대로 크지도 몬 한 저 빙신이 불썽하지도 않남요?"
어쨌든 언년이가 박 참봉 댁에 들어 온 이래 주변 사람들의 그에 대한 학대는 꽤 수그러든 듯했다.
그러나 그러한 주제넘은 언년이의 행동이 그리 곱게 비칠 리는 없었다. 그렇다고 딱히 그를 두둔하여 보호하고 나서는 그녀에게 적당한 트집거리도 없었다. 다만 그녀를 고깝게 여기며 벼르는 사람들이 늘어 갈 뿐이었다.
"그리고 니도 누가 기롭히면 성질 좀 내그라. 마냥 좋다고 히덕거리덜 말고……."
흙먼지와 묵은 때로 얼룩 진 그의 얼굴을 직접 닦아 주기론 살아생전 어미 말고는 언년이가 유일한 사람이었기에 그는 언년이를 유독 따르게 되었다.

3

그는 또래들의 외면은 물론 그 어느 누구도 함께 놀아주는 친구가 없어 늘 혼자 겉돌았다.

또래들의 뛰노는 모습을 멀찌감치 바라보며 빙긋빙긋 웃음기 머금은 얼굴로 휘청거리는 가녀린 체구로 따라한답시고 움찔거리는 것이 고작이었고, 이따금 어른들의 일하는 모습을 훔쳐보는 것이 그 나름의 즐거움이었다.

그에게 있어 집 근처를 멀리 벗어나는 것은 곧 두려움이었고 화를 자초하는 일이었다. 그때마다 아이들은 물론 어른들로부터 이유 없이 해코지를 당하기 십상이었다.

심지어 마을 똥개들도 그의 천덕스러움을 눈치라도 챈 듯 그를 보면 따라다니며 짖어대고 물어뜯으려는 시늉을 하였다. 웬만큼 자란 중간치 개들조차 덩치로는 그의 체격을 능가할 정도였.

실제 그는 그의 신체에 모진 고통을 가하거나 더 나아가 생명에 위협까지 가하는 사람들보다도 오히려 개들을 더 무서워하였다.

그는 일하는 중간에 잠깐씩 눈에 띄는 벌레들이나 새싹, 들꽃 등을 살펴보며 그것들의 세계를 음미하곤 했다. 그는 온갖 동물이나 버러지 중에서도 특히 맹꽁이와 나비를 좋아했다.

맹꽁이는 좀처럼 눈에 띄지 않다가 장마철 막바지쯤 되면 몇 마리씩 잡을 수 있었다. 맹꽁이를 잡게 되면 뒤뜰에 따로 떨어진 방앗간 처마 밑의 그 만의 은밀한 장소인 깨진 항아리 속에 숨겨두고 그것들과 정담을 나누는 것이 큰 즐거움이었다.

나비는 좀처럼 잡기도 힘들었지만 굳이 잡으려 하지도 않았다.

언젠가 어른들끼리 주고받던 얘기 가운데 '사람이 죽으면 다시 사람으로 태어날 수도 있지만, 가축이나 미물로도 세상에 환생할 수 있다'라는 것을 흘려들었다.

그 때문에 나비의 훨훨 날아다니는 모습을 보면 마치 어미의 혼백이

틀림없이 나비로 환생하여 자신을 찾아 온 것으로 확신하게 되었고, 그로인해 잠시라도 현실의 고달픔을 잊을 수 있었다.
나비의 너울거리는 날개 짓이 자신에 대한 사랑의 손짓이라면, 쉽사리 날아가지 못하고 이리 멈칫 저리 멈칫 너풀거리며 쉬 떠나지 못함은 자신 곁에 더 있으려는 몸짓으로 이해하려 했던 것이다.
나비의 둥글고 얇은 날개가 팔랑거리는 것을 보노라면 그 또한 어느덧 나비가 되어 나비들 사이에 끼어 함께 날갯짓을 하는 것으로 착각을 했다.
"나비야, 팔랑팔랑 어데로 가니?"
두 팔을 허우적거리며 나비의 나는 모습을 흉내 내는 그의 모습은 흡사 곱사춤을 추는 것과 같았다.

나이가 들어갈수록 그의 몸은 더욱 뒤틀리고 경직되어 갔다. 굽은 허리는 펴질 줄 몰랐고 신체적 균형 감각을 잃어서인지 자주 넘어지고 자그마한 충격에도 쉽사리 뼈가 부러져 좀처럼 낫질 않았다.
그러나 웬만한 고통에는 내색을 할 수 없는 지라 그의 몸 상태에 관심조차 갖지 않는 사람들은 그가 속으로 그 고통을 삭이느라 행동이 굼뜰 때면 어김없이 다그치는 것이었다.
"우그라질 놈, 또 요령 피우고 지랄여!"
"잘못했씨요."
"빙신새끼가 잔꾀만 늘어가지고설랑……."
"담부턴 안 그럴께요."
누가 봐도 정상이 아닌, 혼자 제 몸 가누기조차 위태로운 모습을 보면서도 그가 겪는 고통을 은근히 즐기고 있는 것이었다.
어쩌면 박 참봉의 씨앗임을 아는 이들로서 억눌린 불만을 그에게 대신 쏟는 지도 모를 일이었다.

추수를 막 끝낸 너른 들판엔 때 이른 강추위가 휘몰아쳐 논밭의 껍질이 서걱거리는 서릿발로 한 꺼풀 덧씌워지고, 두터운 솜옷으로도 살을 에는 추위에 마냥 떨어야하는 동장군이 예고 없이 들이닥친 어느 날이었다.
땅거미가 어둠에 소스라칠 무렵, 그는 작은 손수레에 물로 깨끗하게 씻어 말려 둔 잡다한 농기구들을 싣고 헛간을 향해 돌아가던 중이었다.
겨울 채비로 어른 키만큼이나 높다랗게 쌓아둔 장작더미 밑을 지나게 되었다. 그때 힘에 부친 나머지 제멋대로 굴러가는 손수레는 장작더미를 치켜 고정한 나무 지렛대를 들이받았고, 이미 균형을 잃고 와르르 쏟아져 내리는 장작더미를 대신 작은 몸을 던져 지탱시키려다 그 속에 깔렸다.
어른 팔뚝 굵기의 장작들은 그에겐 마치 태산과 같았다. 아무리 육체적 고통에 이력이 날만큼 참을성이 많은 그였지만 온몸으로 받아낸 장작더미들이 그의 전신을 사정없이 후려치는 데엔 저절로 비명이 터져 나오지 않을 수 없었다.
"살리 주이소, 누구 엄써여? 지 좀 살리 주이소."
아무리 살려달라고 고함을 치려 해도 모기소리처럼 목구멍 속에서 앵앵거릴 뿐, 그나마 그 목소리조차 점점 잦아 들어갔다.
"에구머니!"
얼마만큼의 시간이 흘렀을까, 갑자기 여자의 비명소리가 그의 귓가에 들려왔다. 혼미해져 가는 의식 속에서도 그 목소리는 분명 언년이의 비명소리임을 감지할 수 있었다.

온몸이 장작더미에 깔려 옴짝달싹할 수가 없었고, 여기저기 예리한 장작 모서리에 찍혀 뼈마디마다 부러져나간 듯 아찔한 통증이 전신을 휘감았다.
그런데도 웬일인지 그 통증마저 감미롭고 그렇게 안락할 수가 없어 이후 마치 꿈결처럼 편안한 느낌에 젖어들었다. 그러한 느낌은 그로서는 처음 경험해 보는 것으로 언년이가 곁으로 다가왔기에 그리 느꼈을 것이다.
언년이가 그의 몸에 덮친 장작들을 모두 걷어내고 새털처럼 가벼운 그를 끌어안았다. 그녀의 두 눈에는 어느새 눈물이 그렁그렁 맺혀있었다.
"이 빙신 같은 것아, 이렇거고 가만 있으면 우쩌냐?"
그때야 그의 몸 모든 뼈마디들이 갈가리 찢겨 흩어지는 듯 참기 힘든 통증이 엄습했다.
"아야, 몇 번을 불렀는디……."
"그려, 몸은 괴얀나?"
"아악! 넘 아파여."
"그려, 이 불썽헌 놈아!"
언년이는 그를 그녀가 묵는 방으로 안고 들어갔다.
칠흑같이 어두운 방안을 발끝으로 더듬으며 흙먼지로 서걱거리는 방바닥에 깔린 헌 이불 위에 그를 눕혔다. 그리고 호롱을 찾아 불을 밝히고 싸늘히 누운 그의 몸을 어르듯 살폈다.
그러나 기형적으로 뒤틀린 그의 몸 어디 한 군데 성한 곳과 성하지 않은 곳을 구분할 수 없었다.
가뜩이나 비좁은 방안은 몇 가지 곡물 자루들이 구석진 곳에 촘촘히 쌓여있었고, 도배를 안 해 거북등처럼 균열이 가고 옥수수 뼈대가 얼기설기 드러난 흙벽은 금방이라도 무너질 듯 위태하게 기울었다.
그의 고통에 절은 신음 소리와 펄펄 끓는 고열은 밤새 이어졌다. 언년이는 뜬눈으로 긴 밤을 그의 곁에서 불안과 한숨으로 지새웠다. 새벽녘이 되어서야 그의 열도 어느 정도 식었고 신음 소리도 한층 잦아들었다.
언년이도 잠시 눈을 붙였다가 날이 완전히 밝자 그의 옷을 한 꺼풀씩 벗겨가며 그의 몸에 생겼을 상처를 찾아 세심히 살피기 시작하였다.

4

언년이는 그가 걸친 걸레처럼 다 헤어진 누더기 옷을 모두 벗겨냈다. 그리고 흉측하게 변형된 그의 몸을 보고 진저리를 쳤다.
또래들보다 절반만큼이나 위축된 몸꼴과 어기적거리며 제대로 걷지도 못하는 그를 웬만한 기형으로 생각해 왔으나 실제 벗겨놓고 살펴본 그의 몸은 자신도 모르게 시선을 돌릴 정도로 참혹하였다.
어느 데가 이번 장작더미에 깔려 다친 덴지 다만 피멍이 들거나 벗겨진 상처로 미루어 짐작될 뿐, 그녀가 보기엔 그의 몸 어느 한구석도 성한 것처럼 보이지 않았던 것이다.
등뼈의 굽은 정도가 심해 반듯하게 눕질 못하고 옆으로만 쪼그리고 눕는 것이 마치 병들어 쇠약해 진 늙은 개가 웅크리고 누워 숨을 헐떡이는 모습을 연상케 하였다.
앙상하게 뼈만 남은 그의 몸은 관절마다 어긋나게 돌출되어 불거졌으며 두 발을 이루는 허벅지와 종아리뼈 사이는 전체적으로 활처럼 크게 휘어지고 그 휘어진 정도도 제 각각이었다.
그의 피부는 흰 편이었으나 군데군데 두터운 각질이 끼고 오랜 때에 절어 꺼칠하였으며 벌겋게 짓무른 사타구니에서는 심한 악취가 코를 자극했다.
그의 벗겨진 옷에서뿐만 아니라 방안은 온통 스멀스멀 기어다니는 이들이 그득했다. 몇 년인가 갈아입지 않은 옷엔 이와 서캐들이 아예 덩어리로 뭉쳐있는 듯했다.
"이 어린 것이 무슨 죄를 지었길래…… 천벌 받을 사람들하고는……."

그는 자지러질듯 한 고통 속에서도 언년이의 손길을 의식하고 벗겨진 몸에 신경이 쓰이는 듯 몇 번이나 옷자락을 끌어다 감추려 했다. 여태껏 누구에게든 자신의 맨 몸을 보인 적도 없을뿐더러 그도 남들의 곧고 깨끗한 몸매를 익히 보아 온 터라 거기에 비해 자신이 보기에도 흉측한 자신의 맨 몸을 애써 감추어 왔다.
아무리 덥고 후줄근한 날씨가 지속하여도 얼굴과 손, 발 외엔 맨살을 내놓지 않았으니 부끄러움 때문이라기보다는 남의 눈을 더럽힐 것이라는 두려움 때문이었다.
따라서 아무리 한밤중에라도 목욕을 해야겠다는 엄두가 나지 않았다.
언년이의 손길은 그에겐 더할 나위 없이 부드럽고 감미로웠다. 아무리 뼈마디가 욱신거리고 사지가 찢기는 듯 고통스러워도 언년이의 손길은 마냥 포근했다.
그는 언년이의 따뜻한 품에 안겨 고통을 잊고 비로소 곤한 잠에 빠져들 수 있었다.

"나으리 마님, 감히 외람되옵지만 지가 한 말씸 안 드리곤 배겨날 수 없네요. 태봉이 재럴 그대로 놔두면 얼마 몬가 죽고 말 것이구먼요. 좀 도와주시요."
언년이는 맞아죽을 각오를 하고 박 참봉을 찾았다. 박 참봉 댁에 들어온 이래 지나가는 뜬소문처럼 그가 박 참봉 아들이라는 소리를 언뜻 들은 바가 있었다. 물론 그러한 소리는 흘려 새겨듣지 않았다. 그녀는 남의 말에 귀를 기울이거나 남의 수다엔 전혀 개의치 않는 성격이기 때문이었다.
자초지종을 다 듣고도 박 참봉은 별게 다 신경을 쓰이게 한다는 듯 얼굴을 붉혀가며 입맛을 다셨다.
"어허! 그게 니랑 먼 상관이여? 어여 가서 일이나 혀!"
"나으리 마님, 그람 지가 걜 데리고 있게나 해주시요."
"델코 있든 말든 그건 니 맘대로 허고……."
언년이는 어렵기만 한 박 참봉한테 더 이상 뭐라 지껄일 수가 없었다. 그래도 태봉이를 데리고 있도록 허락해 준 것만 해도 감지덕지 할 일이라 여겼다.
그렇지만 친 자식이라는데……, 설혹 친 자식이 아니더라도 참으로 매정하고 몰지각한 사람이라 여기지 않을 수 없었다.
제 방으로 돌아 온 언년이는 그가 반 수면 상태에서 가쁜 숨을 헐떡이며 이리저리 뒤척이는 모습을 보자 저절로 떨어지는 눈물을 주체할 수 없었다.
"에고, 이눔아! 니가 그래도 명색이 사람이냐? 니같이 천하에 악업을 모조리 덮어쓴 눔 내 생전에 첨 봤다. 차라리 디져 없어진들 이보다 더 원통하것니?"
언년이는 커다란 놋대야에 뜨거운 물을 그득 담아서 방안에 들여왔다. 그리고 하얀 무명수건을 적셔서 그의 몸 구석구석을 정성껏 씻겨나갔다.
먼저 얼굴을 씻기고 목을 씻겼다. 몸은 제 또래보다 훨씬 왜소하였지만 얼굴은 오히려 제 또래보다 나이가 더 들어보였다.
"이 어린 것이…… 얼매나 쌩고생을 했기에……."
그의 얼굴은 고통에 의해 짐짓 찌푸려졌으나 그녀의 눈엔 마냥 천진난만한 어린아이처럼 순수한 얼굴이었다.
다소 좁고 긴 얼굴은 턱 부분에 이르러 넓게 벌어졌으며, 벌레 먹어 삭아 없어진 몇몇 이빨들과 제멋대로 삐져나온 이빨들은 치석과 누런 때가 덕지덕지 붙어 있었다.
팔과 다리를 씻기고 이어서 가슴과 배, 그리고 등과 겨드랑이를 씻겨갔다. 언년이가 그의 몸을 아무리 조심해서 다뤄가며 살살 씻기려해도 그의 악문 이빨 사이에선 신음 소리가 연이어 새어나왔다.
"어데가 아픈지 말을 혀야 알 거 아니냐? 그러니 아픈 디를 말하그라."
"괴얀혀요."
"참 딱하지, 그리 참구만 있으면 머한다냐. 아픈 데를 콕 찝어 말혀야 고칠 거 아녀."
그의 사타구니는 오랜 기간 닦지 않은 데다 습기가 차서 그런지 지독스런 지린내가 났고 벌겋게 헐어있어 보기에도 불결하였다. 그럼

에도 언년이는 그의 남근과 음낭 부위를 더욱 정성스레 씻겼다.
한참 그의 사타구니를 씻기는데 어느새 그의 남근이 커다랗게 발기하여 끄떡이는 것이었다. 남자의 양물陽物이란 자극하면 벌떡 선다는 것을 그녀는 익히 알고 있었기에 음란하다 여기지는 않았다.
그의 나이가 열다섯을 헤아리니 기형적인 몸과는 달리 묘하게도 남근과 음낭만큼은 제대로 성숙한 것이다. 포경이라서 포피가 귀두를 완전히 덮고 있고 그 끝 부분은 빨갛게 짓무른 데다 부기浮氣로 부풀어 있었다.
그녀는 귀두 포피를 살며시 깠다. 포피는 의외로 쉽게 까지면서 빨갛게 충혈이 된 굵은 도토리 알 같은 귀두가 나타났다. 귀두와 포피 사이에 낀 허연 비지를 씻겨내는 동안 그는 부끄러운 일면 묘한 쾌감을 즐기는 듯 숨소리조차 죽이며 가만히 있었다.
그의 머리에는 온통 서캐가 하얗게 자리 잡고 군데군데 기계충으로 머리가 둥글게 빠져 있었다.
언년이는 그의 머리도 손가락 굵기만큼의 길이만 남겨두고 모두 깎아 버렸다.
서투른 솜씨에다 제대로 들지 않는 가위로 깎았다지만 여러 번 다듬고 또 다듬어 보기에 그리 흉하지는 않았다.
그리고 제멋대로 자라고 부러진 손톱, 발톱을 역시 가위로 정성껏 다듬어 주었다.
언년이는 한참 동안 분주히 오가더니 양잿물과 등유를 구해왔다. 양잿물로는 머리를 감기고 다시 맑은 물로 헹구고 나서는 기계충으로 머리털이 뭉텅 빠져나간 부분에 등유를 흠뻑 발라주었다.
"봐라, 이제사 니도 이뻐 보인다. 얼마나 이뻐 보이는지 아나?"
그는 대답 대신 그녀의 품 속에 얼굴을 묻었다.

5

"이제, 어디 어디가 아픈지 말해 보그라."
언년이가 그의 귀에 입을 바싹대고 나직한 목소리로 속삭였다. 그녀의 숨결이 귓속을 후비며 기분 좋게 전달되어 왔다. 그리고 그녀의 얼굴에서 발산되는 향긋한 냄새가 콧속을 자극했다.
일찍이 어미한테서 느꼈던 그 아스라한 기억 속의 숨결과 냄새가 방금 그녀로부터 다가 온 것이다.
조금 전까지는 몸에 기운이라고는 하나도 없어 팔 한 짝 움찔거리기조차 어려워 언년이가 하는 대로 몸을 내맡겼으나, 그의 전신을 훑던 고통도 멎어 자신도 모르는 사이에 두 팔을 뻗어 그녀의 머리를 감싸 안았다.
언년이는 그가 껴안는 대로 한동안 그 자세를 유지했다. 순간 그녀의 가슴속에서 불끈 치밀어 오르는 뜨거운 불길은 어느 누구에게라기보다는 세상 모두를 향한 분노였다.
한참 만에 머리를 감싼 그의 두 팔을 풀고 그의 얼굴을 내려다보았다. 그는 눈을 꼭 감은 채 미간만 잔뜩 찌푸리고 있었다. 온몸을 쥐어짜듯 휩싸는 통증은 어느 부분이라고 딱히 말할 만큼 특정 부위에만 한정된 것이 아니었다.

숨을 몰아 쉴 때마다 갈비뼈의 여러 부분이 결리고 뜨끔거렸으며 어깨뼈에도 금이 갔는지 예리한 통증이 간헐적으로 몰려왔다. 왼쪽 손목 부분도 시큰거리고 무엇보다 두 다리 뼈 모두가 부러졌는지 들어올릴 수가 없고 통증도 심했다.

언년이에게 무어라 말하기도 또 눈을 뜨고 그녀를 바라보기에도 실상 용기가 나지 않았다. 그러나 안간힘을 쓰듯 힘겹게 말을 뱉었다.

"저, 다리…… 두 다리가 다 아퍼요."

언년이는 그의 두 다리를 유심히 살폈다. 울퉁불퉁한 곳은 다리 관절뿐이 아니었다. 장딴지 뼈가 굳이 손으로 만지지 않고 육안으로 살펴도 어긋나 있음을 확인할 수 있었다. 그러나 그녀로서는 어찌 조치해야 하는지 알 수 없었다.

"그리구 이쪽 어깨가……."

그는 오른쪽 어깨를 왼손 들어 더듬어 보였다.

"엉, 딴디는 또 아픈디 없냐?"

"여기두……."

그는 응석 부리듯 갈비뼈 부위를 두루 더듬었다. 산골 마을이라 의원이 있을 리 없었다. 마을에서 백 리는 족히 떨어진 면에 가야 의원이 있을 테고 의원을 부를 여유 또한 그녀에게 있을 리 만무했다.

언년이는 자신과 마찬가지로 박 참봉 댁에서 허드레 일을 하며 밥술이나 얻어먹고 사는, 그런대로 인간성이 좋고 세상 경험이 많아 보이는 지 씨 영감을 찾았다.

지 씨는 60대 초반의 작은 키에 깡마른 체격으로 머리가 반쯤 벗겨진 좀 헤퍼보이는 사람이라 크게 신뢰가 가는 사람은 아니었다. 마을의 상것들조차 지 씨에 대해 그리 살갑게 대하지는 않았으나 그래도 대처에서 굴러 온 사람으로 일자무식은 면한 사람이었다.

그녀로부터 사정 얘기를 들은 지 씨는 두 팔부터 걷어붙이고 그녀를 따랐다. 그의 널브러진 몸뚱이를 한참이나 내려다보던 지 씨는 오만 상을 찌푸리며 혀부터 내둘렀다.
"아이고, 이 노마야! 이게 먼 일이고? 이러고도 어찌 산단 말이고?"
그의 몸 구석구석을 살피던 지 씨는 언년이에게 가는 새끼줄과 엄지 손가락 굵기의 나뭇가지들을 구해오라 이르고는 어긋난 뼈를 맞춘 답시고 그의 발을 사정없이 흔들고 두드렸다.
"어허억……, 아얏!"
"아파도 참그라, 그렇잖음 다리를 아예 몬 쓰게 된다."
비명 지를 기운도 없이 그는 그대로 혼절해 버렸다.
얼마나 시간이 지났는지 언년이의 그를 가볍게 흔들며 속삭이는 소리에 눈을 떴다.
"이것 좀 묵고 정신 차리그라."
언년이는 그의 입술에 수저를 갖다댔다. 그리고 걸쭉한 죽을 그의 입안으로 흘려 넣었다. 참깨와 들기름이 섞인 하얀 쌀죽은 입속에서 절로 녹는 것으로 그로서는 처음 맛 보는 맛있는 것이었다.
넙죽넙죽 받아먹는 그를 언년이는 대견스레 여기면서 흡족해 했다. 그녀의 심하게 얽어 험상궂어 보이기만 하던 얼굴은 그때만큼은 더 할 나위 없이 인자하고 곱상하게 보였다.
"니는 이제부턴 내 아들 해라. 그러니까 이제부턴 날 에미라 캐라. 알긋나?"
그는 죽을 받아먹으면서 고개를 연신 끄덕였다. 가슴이 북받치면서 눈물이 왈칵 쏟아졌고, 때마침 받아먹던 죽에 목이 메어 사레까지 들었다.
그의 두 다리와 어깨는 여러 겹의 나뭇가지와 새끼줄로 단단히 고정

되어 있어 기도로 넘어간 죽을 게워 낼 때까지 심하게 캑캑댔으나 통증은 한결 덜하였다.

언년이는 그의 입술 주변의 토사물을 물수건으로 닦아주곤 나머지 죽을 마저 떠먹였다.

"니는 몸이 다 낫을 때 까정 꼼짝 말고 이렇게 누버 있어야 헌다. 괜히 일어나 일 한다고 깝쭉 대다간 나 헌티 혼날 각오를 허야딘다. 알긋제?"

"얼마나 이렇게 있어야 되간디요?"

"글쎄다……. 뼈가 아물려면 족히 잡아 한 달은 이렇게고 있어야 안 되겠나."

"그러면 혼날 텐디."

"이 바부 가튼 늠아, 그런 걱정은 붙들어 매그라. 내가 다 알아서 할 텐께, 니는 가만히 누버 있는 게 니 일이다. 알긋제?"

그는 비로소 언년이의 두 눈과 시선을 마주치며 고개를 크게 끄덕였다.

6

언년이가 그의 아픈 상처를 보듬어 주고 그를 자식으로 받아들인 것은 그에 대한 동정심 때문만은 아니었다.

어쩌면 기형적 불구의 몸과 보잘것없는 외모로 말미암아 분명 박 참봉의 친자임에도 불구하고 모든 가솔들로부터 철저히 외면 당함은 물론 마을 사람들로부터도 드러내 놓고 천대를 받고 있음이 마치 그녀 자신의 지나 온 처지와 너무나 흡사하게 여겨졌기 때문이다.
언년이 역시 그녀가 살아온 지난 30여 년 세월이란 그에 못지않게 고달픈 삶의 연속이었다.
여태껏 비록 짧은 순간이라도 마음 편하게 사는 것처럼 살아 본 적이 없었으니, 그녀 자신의 불행스런 삶에 대한 보상 심리로 그에게 그토록 살가워질 수 있는 것이었다.
그녀는 더 이상 견디기 힘든 고통과 시련을 겪을 때마다 세상이 유독 그녀 하나만을 딱 집어 가혹한 시련을 주고 있다고 여겨왔으며, 버림받은 존재로서의 자기 자신을 의식하고 오히려 그녀 스스로 끊임없이 자신을 더욱 더 학대하여 왔다.
살아야 할 가치나 의미마저 잃고 몇 번인가 자살까지 기도했었으나 그때마다 목숨이 유별나게 질긴 것인지 죽었다가 소생하기를 되풀이했다.

언년이는 벽촌, 퇴락한 선비의 집안에서 5남2녀 중 장녀로 태어나 나약한 심성과 게으르기 이를 데 없는 아비를 둔 탓에 어린 시절 늘 굶주림과 헐벗음 속에서 지내야 했다.
그녀의 아비는 자식을 줄줄이 거느린 가장으로서의 책임감을 터럭만큼도 행사하지 못 하는 위인으로 더 이상 어쩌지 못 할 궁핍한 지경에 이르고서도 처자를 부양하기 위해 제 몸 움직여 양식을 구해 올 엄두를 내지 않았다.
가뜩이나 몸이 허약해 늘 골골거리는 마누라가 어쩌다 품 반, 구걸

반 얻어 온 먹거리로 겨우 입에 풀칠하는 정도였으며, 그나마도 춘궁기에 접어들면 집안에 감자 한 톨 남아있을 건덕지마저 없었다.
따라서 늘 굶주린 아이들은 영양실조에 허기진 배를 채우느라 연방 물만 들이켜니 아기가 들어선 만삭의 여편네처럼 모두 배가 남산 만하게 불러있는 모습들이었다.
이처럼 빈곤한 집안의 천덕꾸러기로 태어나 일찍이 앓은 천연두로 얼굴까지 심하게 얽었으니, 유별나게 자존심이 강하고 영민한 그녀로서는 일찍부터 자신의 외모에 대해 심한 열등의식에 사로잡혀 지냈다.
그리고 동네 아이들의 왕꼼보란 놀림 때문에 문밖에 나가기란 죽기보다 싫어했다.
자연히 그녀는 말수도 적어졌고 걸핏하면 골부터 내는 심술궂은 여자애로 비쳐졌으며, 방구석에만 처박혀 지내는 아비와도 늘 부대끼다보니 아비의 잦은 구타에 온몸엔 피멍 자국이 가실 날이 없었다.

그녀의 나이 열한 살 되던 어느 해 봄엔가, 급기야 아랫마을 정鄭가라는 40대 중반의 홀아비에게 겉보리 두 가마에 팔려가는 신세가 되었다.
어쩌면 지긋지긋한 굶주림과 원수처럼 여겨졌던 집구석으로부터 벗어나고 싶은 심정에 그녀가 더 절실히 원했는 지도 모를 일이었다.
작달막한 키에 안짱다리인 정가는 거무튀튀한 피부에 흡사 원숭이 상으로 편협해 보이는 데다 성깔마저 있어 보였다.
정가는 일찍이 일대의 지주로부터 논 댓 마지기를 얻어 소작하였다. 그 역시 천성이 일하기 싫어하고 놀기만을 즐기는 위인이라 대부분 농사일을 다리를 심하게 저는 푼수 같은 그의 마누라가 푼푼이 지어

왔다. 따라서 그의 땅에서 나는 수확은 남들에 비해 훨씬 적었다. 거기에 교활하고 거짓말까지 일삼으니 지주는 물론 마을 사람들로부터도 신뢰를 잃었다.

어느 무더운 여름엔가 마누라마저 들녘에서 옮아 온 파상풍으로 약 한 첩 제대로 쓰지 못하고 죽자, 얼마 안 되어 정가는 그동안 부쳐 먹던 논마지기를 모두 빼앗겼다.

이에 앙심을 품은 그는 걸핏하면 술에 취해 지주 집에 들이닥쳐 몇 번의 난동을 부리다 끝내 마을 사람들에 의해 인근 저수지로 끌려가 집단으로 구타를 당하고 버려졌는데, 그때 앞니 대부분이 부러지고 아래턱이 빠졌으며 갈비뼈도 여러 대가 부러지는 등 그야말로 죽다가 살아났다.

그 뒤 대처에 나가 어영부영 막노동으로 몇 푼을 거머쥔 그는 벽촌의 버려진 자갈밭을 헐값에 사들이고, 또한 그 개간 일을 시키기 위해 언년이를 사온 것이다.

정가는 어린 언년이를 그야말로 혹독하게 다루었다. 아침 일찍부터 내몰아 밤늦도록 자갈밭을 일구게 하였는데, 그녀로서는 밤마다 잠도 안 재우며 성적으로 부대끼게 하는 그와 떨어져 오로지 한적하게 밭에 나와 일하는 것이 오히려 더 낫다할 정도였다.

그녀는 비록 얼굴은 심하게 얽었으나 몸집은 나이에 비해 성숙하고 뼈대도 굵어 웬만한 근력은 다 자란 여인네 못지 않았다. 그녀가 부지런히 일한 탓인지 다행히 그 밭엔 콩이며 옥수수, 감자 농사가 유독 잘 되었다.

어느 정도 살림이 일자 정가의 읍내 나들이가 잦아졌다. 매일이다시피 술에 곤드레만드레되어 한밤중에 집에 돌아오고, 또한 밤새도록 역한 술 냄새를 풍기며 갖은 구타와 성적 학대로 그녀를 괴롭혔다.

따라서 언년이는 몇 번이나 임신하였지만 그때마다 정가의 무지막지한 구타로 유산이 되풀이되었다.

그녀가 열여섯 되던 해 늦가을이었다. 정가는 집을 나간 뒤 한 달 넘게 소식이 없고 집안은 마냥 썰렁하였다. 정가는 허구한 날 술만 마시는 게 아니라 도박과 오입에도 빠져들어 집안에 살림이 남아나질 않았다.
군불도 못 때어 썰렁하기만 한 방에서 언년이는 악몽에 시달리다 새벽녘 무렵에 심한 복부의 진통과 함께 5개월도 더 된 태아를 몸 밖으로 쏟아내었다.
태아는 온몸이 검게 변하고 경직된 정도로 보아 진작 죽은 것 같았다. 방안에 펼쳐놓은 이불에는 그녀가 고통을 못 이겨 나뒹굴면서 뿌린 검붉은 핏물로 흠뻑 젖어있었고 방안에는 피비린내가 진동하였다.
태아를 반쯤 낡은 홑이불에 가려 방구석에 밀쳐놓고 언년이는 이대로 죽는 것이라 여겨지면서도 왠지 한 가닥 삶의 끄나풀을 붙잡고 놓고 싶지 않은 생각에 절망했다.
그리고 달포 만에 집이라고 찾아들어 온 정가는 고주망태가 되어 방안의 정경은 아랑곳없이 술 가져오라며 그녀를 윽박질렀다.
"머해, 개년아! 내 말 안 들리나? 술 가져 온나, 술……."
"……."
"깨불러 빠진 에팬네가 머 하는 게 있다고 자빠지고 난리여?"
"……."
"캭! 직이뿌야 되는 겨, 개 쌍논."
정가의 계속되는 술주정과 학대는 날이 훤히 밝아서야 멎었다. 언년이는 그때야 술에 곯아 떨어져 널브러져 있는 정가를 찬찬히 내려다보았다.
'이런 짐승만도 못 한 눔을 내가 서방이라고 여직껏 메시고 살았나?'
언년이의 두 눈에선 살기가 돋았다.
'차라리 이참에 니눔도 죽고 나도 죽자.'
언년이는 휘청거리는 몸을 억지로 가누며 낫을 찾아들고는 드렁드렁 코까지 골아가며 정신없이 자고 있는 정가의 목젖을 겨눠 힘껏 내질렀다.
"꺼억, 디져라! 니 같은 눔은 죽어 번져야 한다. 꺼억!"
언년이는 뱃속에서 치솟는 뜨거운 불길을 절규로 토해냈다. 그리고 이어 가슴을 겨누어 내리꽂고 또 내리꽂았다.
이미 정가의 목울대에선 벌컥벌컥 벌건 피가 솟구쳐 나오고 언년이가 낫을 내리칠 때마다 그의 가슴도 별 저항 없이 낫을 받아들였다. 그렇게 수십 번은 족히 언년이의 낫질을 당한 정가의 목과 가슴은 낫에 찍히고 찢겨 살점과 핏물이 낭자하게 튀었으며, 그녀의 몸에서 나온 핏물과 범벅이 되어 온 방안을 그득 적시었다. 그리고 그녀는 정신없이 그곳을 도망쳐 나왔다.

7

정가는 참혹하게 살해되기 전까지만 해도 그녀에게 있어 하늘과도 같이 거역할 수 없는 존재였다.

30년 이상의 나이 차이도 그렇지만 정가의 포악한 성격에 비해 그녀는 아직까지 겁 많고 나이 어린 계집에 불과했던 것이다. 따라서 정가와 살면서도 그에게 단 한 번도 불평이나 대거리조차 못했음은 당연하였다.

전혀 배움이라곤 없는 어린 나이에도 정가에게 팔려오는데 주저함이 없었던 것은 헐벗고 굶주림의 연속인 가난으로부터 벗어나고 싶었으며, 정가에게 오면 그래도 배는 곯지 않으리란 기대 때문이었다.

처음 한동안은 배를 주리지 않게 되어 정가의 끊임없는 성적 학대와 힘든 농사일도 견딜만하였다. 그러나 그녀가 몸을 안 아끼고 농사를 일구어 땅에서 제법 소출이 늘게 되자 정가의 못 된 버릇은 이후 기승을 떨게 되고 마침내 농사마저 작파하게끔 종자까지 거덜 낸 것이다.

이후 계속되는 굶주림은 그 어느 고통보다도 견디기 힘든 고통이었다. 유난히 사람들로부터 낯을 가리는 그녀였지만 어쩔 수 없이 동네의 궂은 일을 간간이 맡아 허기만을 겨우 면할 수 있었다.

그녀의 정가에 대한 살해 행위도 전혀 뜻하지 않은 순간적인 충동에서 비롯되었다.

그녀가 유산으로 인한 고통이 줄기차게 지속하고 한참 죽음의 유혹을 뿌리치지 못하고 있을 때, 죽은 태아와 그녀가 흩뿌린 핏덩이마저 치우지 못한 방 한 가운데 널브러져 있는 정가의 모습은 순간 그녀로부터 차디찬 분노와 동물적 살의를 불러 일으켰다. 이어서 아무 죄의식조차 못 느끼고 행동으로 옮겨진 것이다.

몸을 제대로 추스를 경황도 없이 정가를 살해한 현장으로부터 도망쳐 나온 언년이는 사람을 피해 인적이 드문 곳만 찾아 헤맸다.
그렇다고 당장 마땅히 가야 할 목적지도 없었다.
너른 세상에 자신이 오갈 데 없이 오직 혼자라는 사실이 실감나자 눈이 시큰거리며 알 수 없는 고독감이 엄습했다. 그러면서도 가야 할 목적지가 어딘가에 있는 것처럼 마음이 조급해지고 그럴수록 정신이 까부라져 왔다.
기운도 없고 감각마저 무뎌져 걸음을 내디딜 때마다 땅을 자꾸 헛짚게 되어 걸핏하면 고꾸라졌으며, 열 걸음 걷고 한참을 쉬어야 했다. 여러 날을 제대로 먹은 것이 없는 데다 커다란 핏덩이를 쏟아내고 정가마저 참혹하게 살해한 언년이로서는 모든 기운이 쇠잔하여 숨 쉬며 버티는 것만 해도 여간한 일이 아니었다.
질척이며 흐르던 하혈은 어느덧 멎고, 하체에 덧댄 무명 기저귀는 고인 피로 거무죽죽하게 변색한 데다 뻣뻣하게 굳어있었다.
그러나 밑은 속엣 것 뭔가가 뭉텅 빠져나온 것처럼 묵직하고 잔뜩 부어올라 그 깊이를 알 수 없는 간헐적 통증으로 어기적거리며 걷는 걸음새마저 자유롭지 못했다.
그녀는 정가의 참혹한 마지막 모습을 떠올리며 그를 향해 낫을 쉴 새 없이 내리쳤던 자신의 오른손을 유심히 살펴봤다. 산전수전 다 겪은 여인네의 손처럼 못이 여기저기 박히고 투박하기는 했지만, 아직까진 늙어 주름진 손은 아니었다.
그녀 자신에게도 그런 살의가 있었다는 것이 좀처럼 믿어지지 않았다. 따라서 가슴이 미어질 정도의 섬뜩함이 충격으로 다가왔다.
'잘 죽였지, 지 눔 죽어 마땅혀. 그런 웬수 눔이 시상 천지에 또 있을 라구.'
그녀는 휘청거리는 몸뚱이를 힘겹게 가누며 같은 말을 계속해서 되뇌었다. 그런데 어느 순간부터인가 머릿속은 허기와 고통이 겹쳐 허우적대는 육체와는 달리 모든 생각과 기억이 소멸한 듯 단순해지고 명료해져 갔다.
'잘 죽였다, 잘 죽였어. 진작에 디질 눔은 디져야 되.'
그러한 중얼거림은 그녀 자신에게나 그 어느 누구를 향한 주절거림도 아니요, 단지 신들린 주문과도 같았다.
그리고 그로 말미암아 무의식 속에 자리한 일련의 자책마저 잠재우려하는 일종의 자기 최면 같은 상태였다.
그렇다고 이미 죽어버린 정가에 대한 증오심이나 연민 같은 감정은 터럭만큼도 일지 않았다.
처음엔 정가를 살해한 직후 들이닥친 막연한 두려움에 휩싸여 정가로부터 또 자신이 속해있었던 그곳으로부터 도망쳐야 한다는 것을 본능적으로 느끼고 황망히 도망을 쳤다.
그러나 그러한 두려운 감정도 잠시뿐, 정가를 살해한 것으로 말미암아 누군가가 자신을 쫓아올 것이라는 강박감은커녕 그러한 행위 자체에 대한 아무런 죄의식도 못 느꼈다.
오히려 그녀는 비록 짧은 순간이었지만 과거 그녀를 짓눌러오던 알 수 없는 커다란 굴레로부터 해방된 듯한 홀가분한 기분이 들었으며, 평생 처음이라 할 수 있는 포만한 자유를 비로소 느꼈다.

그녀는 사람들 눈을 피해 여러 날 수십 리 길을 헤매고 다녔다. 그리고 마침내 둔치골屯稚谷이란 깊은 골짜기로 겨우 숨어들 수 있었다. 그간 겪은 고통과 두려움으로 이미 그녀의 육신은 파김치처럼 녹아 내리려했다.
둔치골은 덕천德川이라는 제법 큰 읍내로부터 불과 십여 리 떨어진 곳에 위치하고 있었으나 사람들의 내왕이 거의 없을 정도로 제법 산세가 험한 지형이었다.

둔치골에는 천연의 크고 작은 바위굴들이 수십 개가 넘어 그중 많은 굴속엔 이미 집 없는 걸인들이나 천형에 걸려 죽는 날만 기다리는 병자들이 속속 기거하고 있었다.

겨우 몸 하나 눕힐 비좁은 굴 하나를 차지한 언년이는 손가락 하나 까딱할 수 없는 탈진 상태에서도 의식은 오히려 칼날같이 날이 서려 또렷함을 느꼈다. 참으로 서늘한 의식과는 달리 가슴속은 깊은 절망감으로 오로지 죽고 싶은 마음뿐이었다.

얼마나 시간이 흘렀는지 그녀로서는 알 수 없었으나 비몽사몽간에 몇 번인가 저승 문턱을 들락거리다 겨우 심신을 수습할 수 있었다. 그녀의 선천적 질경이같이 강인한 생명력과 젊은 육신은 그 어떤 충격에서도 쉽사리 벗어날 수 있게 하는 것이 하늘의 섭리일까.

그녀가 모처럼 자리를 털고 굴 밖으로 나왔을 땐 둔치골은 검붉은 낙엽들이 비처럼 쏟아져 산해山海를 이루었다.

바람은 거칠 것 없이 골짜기를 휩쓸고 태양의 뜨거운 광선도 늦가을 여세를 꺾는 듯하였다.

계곡을 넘칠 듯 콸콸 솟아올라 도도히 흐르는 계곡물과 깎아지른 듯 우뚝 내지른 바윗돌들, 아름드리 나무들은 색색의 나뭇잎들로 어우러져 절경을 이룬 참으로 화려한 장관이었다.

그렇듯 생생한 자연의 변화무쌍하고도 웅장한 장관을 보면서 그녀에게도 불현듯 살고 싶다는 강한 투지가 되살아났다.

가까운 읍내 사람들은 그 둔치골을 문둥이골이라 부르고, 그 근처에 오는 것을 두려워하여 그림자조차 비추질 않았다.

어쩌다 지나가는 이들은 누더기 진 바랑을 주렁주렁 걸친 약초 캐러

다니는 심마니들과 긴 막대처럼 생긴 엽총을 등에 걸친 사냥꾼들이 전부였다.
그 둔치골엔 그래도 꿩은 물론이고 노루며 멧돼지들이 제법 많이 살았고 밤마다 늑대들이 울부짖는 소리로 깊은 산중의 을씨년스러움을 더하였다.

둔치골의 겨울은 잽싸게 다가왔다.
둔치골엔 백여 명이 넘는 비렁뱅이나 문둥이들이 모여 있었다. 그들 모두는 예외 없이 굴속에 나뭇가지나 낙엽들을 긁어모아 겨울 채비를 하였고, 지천에 깔려있는 도토리나 밤 등을 주워 모아 읍내에 내다팔고 양식을 장만하기도 하였다.
그녀 또한 그들처럼 나름대로 둔치골에서 겨울나기를 작정하고 그리 준비하였다.
둔치골은 눈이 한번 내리면 허리가 파묻힐 정도로 쌓였다. 한번 내린 눈은 좀처럼 녹질 않고 계속 쏟아지는 눈이 덧쌓여 어른 키를 웃돌았다.
처음 맞는 둔치골의 기나긴 겨울은 언년이에겐 새로운 고통의 연속이었다. 영하 20도를 오르내리는 강추위와 살을 쩍쩍 베는 듯한 예리한 칼바람이 온몸을 파고들었다.
가마때기로 굴속 사방 벽을 가리고 몸을 새우처럼 잔뜩 웅크린 채 낙엽에 파묻혀 있어도 사시나무 떨듯 떨려오길 맞부딪치는 이빨이 다 시릴 정도였다.
손발과 양 볼 따귀는 퍼렇게 얼어붙고, 갈라진 살 틈새로 진물이 겹겹이 흘러 내 살 같지 않게 감각이 무뎌졌다.
결국 그녀는 뼛골까지 스며드는 혹독한 추위를 더 이상 견디지 못하고 가까운 거지 굴을 찾아들었다. 이미 여러 번 봐 온 터라 낯이 익은 거지들은 그녀를 알아봤다.
처음으로 들어 선 그 거지 굴은 제법 너른 공간에 두 명의 여자를 포함하여 여섯 명의 거지들이 함께 동거하고 있었으며, 한쪽에는 장작불까지 피워놓고 있어 제법 훈훈하였다.
"저기……, 지도 여기서 함께 살면 안 되것남요?"
그중 덩치가 크고 나이가 좀 들어 보이는 거지가 반색을 했다.
"하모 추분데 여그서 그냥 눌러 지내그라."
"예, 그럼 고맙구먼요. 그라고 지는 언년이락 카는디요."
"언년이라 칸다고? 크……, 낸 자라라 칸다. 자지가 쫴맨타 보니 자라자지라 캐서……. 실은 성 내뿌면 쪼맨한 것뚜 아니구먼. 쪼쪽은 원체 덩치가 쫴맨하다보이 씨알이라카고, 쪼놈은 골이 많아 밴댕이다. 젤 성질이 드러분 놈이제."
"……."
"쪼년은 보지에 털이 욱씨기 많아 털보지라카고, 쪼놈은 엄청 먹어대서 먹쌔라칸다. 또 쪼년은 다리가 엄제? 앉음뱅이 아이가? 그래서 쩸병이라 칸다."
의외로 거지들은 순박하여 그녀를 박대하지 않았다.
"키키키……, 내 첨부텀 그럴 줄 알았어, 이렇게 추분디 혼자 워떻게 살아남을라꼬…… 어영 잘 왔쓰."
그렇게 그녀는 거지들 무리에 섞여 몇 년을 보내게 되었다.
장터를 떠돌며 구걸하여 겨우겨우 연명하기는 마찬가지였으나 그들 간에 무지막지한 학대나 차별은 없었다.
어쩌면 그들 거지들이 자신들에 비해 몸이 성하고 영민한 그녀의 말에 고분고분한 것이 그녀로서는 견딜만한 생활이었다.

8

언년이가 둔치골 걸인들과 어울려 지내기를 어느덧 여러 해가 지났다. 거지들 틈에 끼어 살다보니 어느 누구하나 그녀에게 관심을 보이지 않는 것이 그녀의 심기를 편하게 하였다.

그녀로서는 마땅히 갈 곳도 없었지만 엉겁결에 정가를 살해한 죄인의 신분으로써 도망 다녀야 한다기보다는 사람들 눈에 띌까 두려워 숨어 지낸 것과 다름없었다.

정가에게 팔려 집을 나선 뒤 단 한 차례의 내왕조차 없어 소식을 알 수 없는 부모나 올망졸망하던 밑의 동생들이 어떻게 살고 있는지 가끔은 궁금증이 일었지만, 그렇다고 여전히 찢어지는 빈곤을 못 벗고 있을 부모가 살고 있는 집으로는 차마 발길이 돌려지지 않았다.

그녀는 남루한 거지 행색에 얼굴도 잔뜩 얽어 언뜻 보기에 인상은 꽤 험상궂게 보였지만, 그래도 갓 스물 넘은 한창 때의 나이인지라 뒷모습만 보아서는 제법 무르익은 여인네 티가 탐욕스런 남자의 시선을 끌기에 충분했다.

늘씬하고도 긴 허리하며 탱탱한 엉덩이는 굵지만 길어 보이는 다리와 잘 어울렸다. 따라서 읍내 몇몇 건달과 주색에 빠진 남자들이 그녀만 보이면 다가와 노골적으로 집적거렸다.

"에고…… 고년 낯 빤데기는 별로지만 오동통하니 맛은 지법 있것다."
"냅둬요."
"어쩌? 나랑 살림 차릴 껴? 그람 호강시켜 줄 낀데."
"……."
"얼라나 하나 쭈욱 빼 도고. 원하는 대로 다 해 줄 텡께."
"냅두라니깐요."
치마를 들춰보지 않나, 엉덩이를 떡메 치듯 쳐대질 않나, 하여튼 별의별 놈이 다 있었다.
신수가 멀쩡한 사람들의 그러한 허튼 수작과 농지거리에는 언년이 자신도 모르는 사이에 온몸에 가시 돋듯 소름이 쫙 끼쳐 그 자리를 얼른 피하는 것에도 이골이 났다.
그들 멀쩡한 자들이 거지보다도 믿을 바가 못 된다는 생각 외에도 그들에게 가까이 다가 갈 엄두가 일지 않았던 것이다.
그녀가 둔치골에 들어 온 이래 여러 거지들과 숱한 성관계를 맺었어도 더 이상 아이가 들어서는 일이 없었는데, 언년이 스스로 생각해봐도 썩은 아기를 쏟아 낸 그날로 아기 만드는 아기집이 고장 났으리란 추측이 들었지만 오히려 잘 된 일이라는 생각에 마음은 편했다.
그녀가 겪은 거지들은 배운 게 없고 게으르지만 단순한 만큼 욕심도 없었다. 따라서 그녀에게 어떤 짓거리도 강요하지 않고 욕을 해대거나 때리는 일도 없었다.
못마땅한 일이 있으면 기껏 혼자서 심통을 부리거나 삐져있는 것이 고작이었다. 그러니 그녀에게는 더할 나위 없이 마음 편한 존재들인 것이다. 그리고 무엇보다 그들에게서도 살 냄새가 나는 것이 그녀를 외롭지 않게 하였다.
처음 그녀가 둔치골에 들어설 때만 해도 그들 거지들은 말 못 할 정도로 지저분하였다. 평생 씻지를 않았던지 너덜너덜한 행색은 차치하고라도 온몸이 부스럼 반, 때 딱지 반이었고 몸에서 나는 고약한 냄새는 코를 틀어막아도 역겹기는 매일반이었다.
그녀의 다소 억척스런 기질은 처음엔 좀처럼 씻으려들지 않는 둔치골 거지들한테는 여간 큰 고역이 아니었다.
"그지가 그지 같어야 동냥을 주제, 이리 신사차림 채리면 누가 동냥을 주간디?"
"맞어. 읍내 아들보담 우리가 더 깨끗혀."
그들 거지들은 실은 씻는 것이 귀찮았겠지만 깨끗해지는 것이 오히려 더 부담스럽고 싫다고 투덜댔다.
"비럭질 허드라두 깨끗해야제, 먼 소리여?"
"언년이, 닌 무쟈게 지독스런 년이여."
어르고 달래고 오랜 실랑이 끝에 차츰 그녀로부터 길들여져 가는듯 했다.
누더기 차림새와 바글거리는 이는 어쩔 수 없어도 신수가 여느 거지들에 비해 말쑥해졌고 잠자는 굴 속도 예전에 비해 많이 깨끗해졌다.

초여름으로 접어든 어느 날이었다. 해거름 한 장터에서 그녀가 엎드려 구걸하고 있었는데 낮술부터 얼큰히 취한 거암(巨巖)이라는 돌팔이 중이 다가섰다.
1년여 전부터 갑자기 장터에 나타 난 이 돌팔이 중을 몇 번인가 흘끗 본 적은 있었지만 이렇게 대놓고 그녀 앞에 버티고 서있기론 처음이었다.

그녀는 염불하는 대신 노상 술이나 처마시고 횡설수설하는 거암을 볼 때마다 괴상한 중이 다 있다는 생각을 했었다.

거암은 막무가내로 그녀의 턱을 받쳐 들고는 역겨운 술 냄새를 확 풍겨가며 그녀의 얼굴을 요모조모 뜯어보더니 욕설 반 타령 반 섞어가며 주절대는 것이었다.

"애고, 나무관심보살…… 어디 보자……, 에고…… 꼴에 기집 가타 보여 살피 보니…… 얽어도 옴팡 얽은 니 쌍판이 그게 어디 인간의 쌍판이냐? 지옥의 악귀라도 니 쌍판보다는 나을 꺼. 니 전샹에 지은 악껍이 그 죄깝을 한 거여. 아미타아부울……."

그의 입에서 풍겨오는 술 냄새도 역겹지만 억센 손아귀에 잡혀 꼼짝할 수 없이 치켜진 얼굴이 부끄러웠다.

"지발 냅 둬여, 와 생사람 잡구 기롭혀여?"

그녀가 대거리하며 잡힌 턱을 빼내려 해도 거암의 손아귀 힘도 어지간한 것이 아니었다.

"에이…… 니기미 씨발년아. 니 인샹이 넘 가련혀 그런다. 몸띵이가 실해보이는 년이 이게 먼 짓거리여? 어여 가자, 어여 가자니깐……. 푸딱 나 따라 오니라. 머하노? 푸딱 일어서지 안코?"

어느덧 거암의 타령은 구성진 가락으로 넘어갔다. 그리고 홀로 흥에 겨운 듯 덩실덩실 춤까지 춰대는 폼이 그녀로 하여금 모처럼 웃음을 자아내게 했다.

"별 희한한 땡중 다 보것네."

거암의 걸쭉한 육자배기는 잠시나마 그녀로 하여금 그의 얼굴을 정면으로 볼 수 있는 용기를 주었는데, 걸쭉한 음성과는 달리 의외로 그는 장난스러우면서도 천진난만한 얼굴을 지니고 있었다.

"니, 내 절로 들어가서 나랑 함 살아보면 어쩔까? 호강은 몬 시켜줘도 마…… 이 짓보담 안 낫것나."
언년이의 의사는 아랑곳하지 않고 무작정 잡아끄는 거암의 억센 손에 잡힌 채, 이미 어두워져 지척을 분간할 수 없는 산중으로 한참 끌려 들어갔다.
읍내에서 10여 리쯤 떨어진 그리 머잖은 대덕산大德山 골짜기에 절간은 자리하였다.
그러나 말이 절이지 천장이 좀 높고 넓다 뿐 둔치골 거지굴과 진배없는 굴속이었다.
열댓 평쯤 되어 보이는 굴속은 움푹 패어져 들어간 안쪽으로 불단이 차려져 있고, 그 위로 어느 절간 쓰레기통을 뒤져 주워왔음직한 고물 몇 가지가 가지런히 나열되어 있었다.
그중 굴속과는 전혀 어울리지 않게 커다란 불상 하나가 유난스러워 보였다. 한쪽 어깨 부분이 뭉텅 떨어져나가고 대신 그 부분을 진흙으로 대충 얼버무려 놓은, 채색마저 죄 벗겨진 낡은 불상이었다.
불단 앞에는 거의 다 타버린 양초 몇 개가 위태롭게 가는 불꽃을 너울거리고 있었고, 그 옆으론 먹다 남은 음식물 찌꺼기들이 어지러이 자리하고 있었다.
그리고 한쪽 구석엔 굴속으로 들어 선 한참 후에야 어둠에 익숙해진 눈 속에 꿈틀대는 한 무리의 사람들이 드러났다.
"하이고, 스님. 여그가 진짜 절이 마저여? 그라고…… 스님두 진짜가 맞는지 모르것네."
"이 비락 맞을 년아, 진짜가 어딧고 가짜가 어딧어? 내가 기라면 긴 줄 알 것이제."
거암은 등에 울러 맨 바랑을 벗어 한쪽 구석으로 냅다 집어던지더니 동굴이 떠나가라 고함을 질러대는 것이다.
"머 하노 자빠졌노? 이 잡것아! 길 빠닥에 자빠져있든 중상 하나 델구 왔다. 낯 빤데기 좀 내밀그라."
그제야 그들이 엉거주춤 일어서는데, 다 늙어 허리가 꼬부라진 노파와 예닐곱 되어보이는 비쩍 마른 남자애, 그리고 열댓쯤 되고 조금 멍청해 보이는 여자애 등 모두 셋이었다.
그들은 언제부터인가 동굴 속에서 거암과 함께 기거하는 동거인으로 서로 간에 아무런 혈연 관계도 없는 사이었다.
노파는 아들 집에서 쫓겨나와 오갈 데 없는 할망구로 거암이 지어준 법명 '화음보살華音菩薩'로 불리어졌지만, 고작 흥얼거릴 줄 아는 주문이라곤 '나무타아불……'이었다.
남자애는 법현法顯이란 그럴듯한 법명을 지녔으며, 늘 병든 닭처럼 웅크리고 졸고 있거나 힘이 없어 잠시라도 서있지 못하는 것으로 보아 병이 깊은 듯하였다.
여자애는 옥수玉水란 법명으로 불렸으며, 바보스럽긴 해도 여자다운 고운 태깔이 있는 아이로 이미 거암의 아이를 배어 배가 상당히 불러 있는 상태였다.
언년이는 엉겁결에 그들과 그 굴 속에서 함께 기거하게 되었다.
거암은 돌팔이 중답게 대부분 낮술부터 잔뜩 취해 있어 멀쩡한 모습을 찾아볼 수 없었다. 그리고 정신만 들면 발군의 정력으로 시도 때도 없이 언년이는 물론 남산 만하게 배가 불러있는 옥수마저 번갈아 가며 덮쳐 성적 욕구를 채웠다.
그러나 거암은 악의가 전혀 없는 사람으로 동거인 어느 누구든 때리거나 괴롭히는 일은 없었고 또한 굶주리게 하지도 않았다.
어쩌다 읍내에서 몇몇 할망구들이 올라와 시주라고 내놓는 것들도 있지만, 그가 읍내 한 바퀴를 돌고 오면 그의 바랑엔 그들이 며칠은 먹고 지낼 수 있는 양만큼의 음식물이 들어있기 마련이었다.

거암은 흥이 많은 사람이라 말끝마다 욕설이지만 결국 그게 욕설인지 타령인지 나중엔 그 욕질에도 정겨움을 느낄 정도였다.

해서 어쩐 일인지 언년이는 처음으로 거암이라는 돌팔이 중을 이성으로 느끼게 되고 그를 사랑하게 되었으나 그 사랑은 그리 오래가지 않았다.

그녀가 거암의 굴 속에 들어 온 지 두 달쯤 되어 법현이란 남자애가 병을 이기지 못하고 끝내 숨을 거두었으며, 얼마 후엔 화음보살이란 노파마저 잠자듯이 저 세상으로 떠났다.

그리고 또 얼마 후엔 옥수가 굴 속에서 거꾸로 선 애를 낳다가 결국 애와 함께 죽어버렸다.

이 모든 죽음이 그녀가 들어 온 지 채 석 달도 안 되어 일어났다.

거암도 이들 죽음에 많이 상심하였던지 몇날며칠 술집에 틀어박혀 술만 들이켰다.

한 날은 새벽녘이 다 되어 몸도 제대로 가누지 못할 정도로 잔뜩 술에 취한 채 돌아와서는 그녀에게 처음으로 몽둥이를 휘둘러 마치 개를 때려잡듯이 패대는 것이었다.

"이 니기미 씨발 년아! 아모리 디질 것들이지만 줄줄이 초상이라니……. 에익! 디질 년아, 하이구…… 그게 니년이 액을 몰고 온 거여. 허허…… 모조리 디질 것들이여, 허이…… 나무타아불……."

그리고 그 달음으로 나가더니 보름인가 지나서 거암의 사체마저 굴 밖에서 그리 멀지 않은 비탈진 숲속에서 발견되었는데, 이미 썩기 시작한 사체에선 악취가 진동하고 벌레들이 기승을 부리고 있었다.

9

언년이는 다시 둔치골로 되돌아와 장터를 오가며 구걸 행각을 시작하였다. 한동안 거암을 잃은 슬픔을 쉬 털어버리지 못할 것 같더니, 그 슬픔도 결국 시간이 흘러갈수록 점차 옅어졌다.
그로부터 2년여 지난 어느 날부터 덕천 장터에 미친 걸인 하나가 나타났는데, 키도 제법 훤칠하고 잘 생긴 40대 초반의 남자였다.
처음엔 몸뚱이의 절반 가량이 훤히 드러난 누더기를 걸치고 온갖 쓰레기를 품속에 잔뜩 움켜쥐고 천천히 걸어가는 모습이 미친놈이라는 표시가 역력했다.
그렇지만 당시 촌에서는 보기 드물게 180센티가 넘는 큰 키에 어깨도 쩍 벌어진 데다 이목구비도 뚜렷하여 마치 귀족적 풍모를 지녔다. 정신만 온전하다면 그 생긴 모습만으로도 한 가락 하기엔 충분하리라 여겨졌다.
그리고 그로부터 풍기는 위엄으로 말미암아 아무리 짓궂은 아이라 하여도 섣불리 정면으로 다가서지는 못했을 뿐더러, 어쩜 어른들조차 그를 마주 대하고는 그 위엄에 오금이 저릴 정도였다.
그러나 그의 그러한 위엄도 잠시, 전혀 위협적이지 못한 것을 눈치챈 아이들은 그가 장터에 나타나면 벌떼처럼 몰려들어 그의 뒤를 따라다녔다. 뿐이랴. 멀찍감치 떨어져서 돌팔매질함은 물론 배짱 좋은 놈들은 자신의 용맹을 과시하려는 듯 그의 곁에 몰래 다가가 주먹질하곤 달아나기도 했다.

그의 이름이 '이병철李秉喆'이라는 것은 어찌 알았던지 아이들은 그를 따라다니며 큰소리로 놀리기까지 하는 것이다.

"병철아, 니 밥 묵었나? 머하고 묵었노? 내 똥 줄 테니 똥도 묵을래?"

"병철아! 얌마, 이병철! 닌 엄마 엄나?"

"닌 집이 어데고? 색씨는 있나?"

"오입은 해봤드나?"

물론 아이들의 행패가 아무리 지나쳐도 그를 말리려 드는 어른들이 없었다. 오히려 아이들의 행패를 부추기고 충동질하려는 어른들만 있을 뿐이었다.

그가 아이들의 해코지에 전혀 반응을 보이지 않자 아이들은 점점 간덩이가 붓는 듯 그에게 가하는 행패도 점차 심해졌다.

어느 땐 바짓가랑이 사이로 비집고 나온 그의 커다란 남근을 막대기 등으로 툭툭 건드리기도 하더니, 나중엔 그의 사타구니에 바짝 다가서서 예사로 잡아당기기까지 하였다.

그러한 진풍경은 하릴없던 어른들까지 둘러서서 구경하곤 했으며, 못된 어른 중 일부는 그런 해괴한 짓거리를 부추기며 즐기기도 하였다. 몇몇 아낙네들은 모여앉아 '얼라들 장난이 좀 심한 거 아니여?' 말은 그렇게 해도 눈빛은 뭔가 색다른 일이 벌어졌으면 하고 바라는 듯했다.

"아따 미친 놈 자지 하난 딥따 크네!"

거의 말 좆만 한 그의 남근은 거무튀튀하면서도 얼마나 커보였던지 눈여겨 본 사람마다 부러움이 섞인 감탄사가 절로 나올 지경이었다.

그에 대한 소문은 좁은 장터뿐만 아니라 인근 지역까지 파다하게 퍼졌다. 그가 한양의 내로라하는 모 대감의 아들이었으나 집안이 몰락하는 바람에 미쳤다느니, 상당한 재산가였는데 질탕한 난봉질에 다 털어먹어서 미쳤다느니, 장원급제할 만큼 수재였지만 너무 공부만 해서 그만 미쳤다느니, 무지하게 사랑하는 여자가 있었지만 집안에서 결혼을 결사반대하여 여자가 죽어버린 바람에 미쳤다느니 등등의 근거 없는 소문은 그럴듯하게 꼬리를 물고 이어졌다.
그러한 소문들은 마치 사실인 것처럼 날이 갈수록 미화되고 증폭되었다.
언년이는 그렇게 미쳐 돌아다니는 그는 물론, 그러한 무성한 소문에는 별다른 관심도 없었다. 그저 자신과 비슷한 처지의 사람이려니 하는 정도였고, 멀찍감치 그의 모습이 보이더라도 애써 그를 외면하였다.
그런데 어느날부터 매일 하루도 거르지 않고 장터를 한 바퀴씩 돌며 아무짝에도 못 쓰는 쓰레기를 주워 모으는 것이 그의 일과였음에도 불구하고 그가 보이지 않게 된 것이다.
따라서 그를 따라 떠들썩하게 몰려다니던 아이들도 끼리끼리 모여 앉아 노는 폼이 심드렁해 보였다.
그녀는 늘 하던 대로 장터의 한쪽 귀퉁이를 차지하고 앉아 고개를 푹 숙이고 오가는 이들의 푼 냥을 적선 받으면서도, 또 몇몇 인심 얻은 국밥집에 들러 음식 찌꺼기를 받으면서도 그가 보이지 않자 내심 걱정이 앞섰다. 그리고 그가 안 보이는 날이 늘어갈수록 조바심이 나서 견딜 수 없었다.

'어딜 간 걸까? 아님, 병이라도 난 걸까?'
'아니야, 집안이 부자랬으니 틀림없이 제 집을 찾아갔을 거야.'
하루 종일 머릿속에 맴도는 것은 그 사람에 대한 궁금증과 걱정뿐이었다.
그가 안 보이기 시작한 지 대엿새가 지나자 그녀는 더 이상 가만히 있을 수가 없었다. 그래서 잘 다니지 않던 곳까지 샅샅이 찾아 헤맸다.
그렇게 찾아 헤맨 지 삼일 째 되던 날, 그녀는 읍내에서 신작로 따라 오리 정도 떨어진 곳에 위치한 두레다리라 불리는 작은 다리 밑에서 그를 어렵게 찾을 수가 있었다.
처음에는 온갖 쓰레기더미 속에 파묻혀 있는 그가 꼼짝도 않고 있기에 죽은 것으로 보고 가슴이 무너져 내리는 것을 느꼈다.
'하이고 남살스럽네. 지가 내한티 뭐라꼬……'
그녀는 가슴을 쓸어내리며 침착해지려 애썼다.
'미친 놈이 뭐가 좋다꼬 내가 이 지랄한다냐. 내가 미친 기라.'

두레다리 밑으로는 저 멀리 저수지 물을 인근의 논으로 보내기 위한 조그만 개울이 흐르고 있었고, 그가 누워있는 곳은 교각 밑의 두 평 남짓 마른 공간이었다.
다리 밑은 잡초와 덤불이 우거져 가까이서 들여다보지 않고서는 그런 공간이 있다는 것을 알아채지 못할 정도로 은폐된 곳이었다.
그는 그가 부지런히 주워 모은 온갖 쓰레기더미 속에 파묻혀 있었는데, 나무 부스러기에서 과일 껍질이며 깨진 도자기 조각이며 죽은 쥐의 사체며 조약돌까지 아무짝에도 못 쓰는 그야말로 쓰레기만 모아놓은 그 속에 시체처럼 미동도 않고 누워있었다.

자기 자신 외에는 그 어느 누구도 불쌍하게 여겨 본 적이 없는 그녀로서도 뻣뻣하게 죽은 듯이 누워있는 그를 보고는 어쩌다 이렇게 잘 생긴 남자가 이 지경이 되었는지 혀를 차지 않을 수 없었다.
'참말로 희한타. 요롱게 잘 생긴 사람이 와 요롱게 되었을까?'
그녀는 그의 몸을 덮고 있던 쓰레기 더미를 치우면서 그의 얼굴을 찬찬히 뜯어보았다. 시커멓게 땟물에 절어있을 지언정 이목구비 모두가 큼직큼직하고 윤곽이 또렷했다.
'아……'
그녀는 자신도 모르게 신음을 뱉어냈다. 잠을 자는 듯한 편안한 모습의 그는 금방이라도 깨어나 벌떡 일어날 것만 같았다. 공연히 얼굴이 화끈거렸다.
'뭐 어뗘? 죽었는디…….'
그녀의 시선은 한참동안 그의 얼굴에 머물렀다. 그의 털 뭉치처럼 엉겨 붙어있는 수염도 어루만져 보았다. 오랫동안 깎지도 않았지만 씻어내지도 않았던지 뻣뻣한 수염에선 끈적거리는 때가 손에 묻어 났다.
쓰레기 더미를 치우다가 언뜻 그녀의 손끝에 물컹거리며 닿는 것이 있었다. 너덜해진 바짓가랑이 사이로 비집고 나온 그의 양물이었다. 가슴이 철렁 내려앉았지만 그의 양물에 대한 강한 호기심을 억제할 수가 없어 유심히 들여다 봤다.
'미친 놈 자지 딥따 크더라.'
'말 좆 아이가.'
아이들끼리 떠들던 얘기가 떠올랐다. 과연 그녀가 상대했던 정가란 놈이나 거암이란 돌팔이 중이나 몇몇 거지들과는 비교가 안 될 만큼 그의 양물은 크고 우람했다.

'와 이 큰 것이 어찌 여자 몸에 들어간다냐?'
가슴이 요란하게 두방망이질 치면서 저절로 한숨이 새어나왔다.
'나가 와 이리 정신이 싸납노. 이러면 안 되는디…….'
인물도 잘 생기고 키도 훤칠하고 배운 것도 많아 보이는, 게다가 집안이 부자라던 그가 왜 미쳐 돌아다녀야 했고, 왜 엉뚱한 곳에서 개죽음을 맞아야 했는지 여간 의문이 아니었다.
가난뱅이에다 배우지도 못한 데다 곰보딱지인 그녀 자신의 처지와는 너무나 상반된 세계에서 온 사람이라 여길 수밖에 없었다. 그리고 그에 관해 떠돌던 소문들, 즉 집안이 부유하다든가 공부를 많이 했다든가 등등이 모두 사실일 거란 생각을 했다.
그런 그를 생각하면 자신이 겪어 온 그간의 고생은 고생이라 할 수도 없을 것 같았다.

양지바른 곳에 잘 묻어 주리라 생각하며 한참을 멀건이 지켜보던 그녀는 뜻밖에도 그가 살아있음을 알아차렸다. 아주 미세한 동작이지만 그가 숨을 쉬고 있다는 움직임을 보였던 것이다. 그녀는 그렇게 기쁠 수가 없었고 감사하다는 마음마저 절로 우러나왔다.
어떠한 이유로 어떤 병에 걸려 이 지경에 이르렀는지 그녀로서는 알 수 없어도 그의 곁에 붙어 시간 가는 줄 모르고 여러 날 지극정성을 다하여 그를 보살폈다.
마침내 그의 얼굴에 화색이 돌고 그가 눈을 떴을 땐 그가 문득 두려운 생각도 들었지만 그렇다고 그 자리를 피할 생각은 추호도 없었다.
그는 비록 미쳤다지만 말도 없고 의외로 온순하였다. 커다란 덩치에 그녀가 시키는 대로 아무 저항 없이 고분고분 따르는 것이 마치 어린아이 같았다. 그녀는 그의 머리를 감기고 온몸을 씻겼다. 길게 치렁치렁한 머리도 잘 빗질하여 뒤로 묶어 넘겼다. 그는 잘 생긴 얼굴이 바로 이런 것이라는 걸 증명하려는 듯 눈부신 미남이었던 것이다.

분명히 그는 미쳤기에 허접스런 쓰레기를 주워다 쌓아놓고, 또 남근이 드러나도 수치심을 몰랐을 것이다.

그러나 씻지 않는 것에 비해 대소변은 한 곳에만 볼 정도로 분명히 가렸으며 콧물이나 침을 질질 흘리지도 않았다. 음식을 먹을 때에도 주는 것만큼만 먹었지 안 먹겠다거나 더 달라고 떼 쓰는 일도 없었고 음식물을 흘리지도 않았다.

특이한 것은 그녀로서도 많은 궁금증이 일어 그에게 많은 말을 걸었어도 대답은커녕 말이라고는 단 한 마디도 하지 않았으며, 하다 못해 신음이든 헛기침이든 무슨 소리든 그의 입을 통해 내는 법이 없었다.

아프다고 찡그린다거나 웃거나 화를 낸다거나 따위의 감정 표현을 전혀 하지 않았다. 그의 표정은 항상 무덤덤하니 마치 먼 곳을 바라 보는 듯한 무표정이었다.

더욱 묘한 것은 그녀가 의도적으로 눈을 마주치려 해도 은연중에 시선이 마주치는 것을 피하는 듯했다. 어찌 보면 도무지 미친 사람처럼 보이지 않는 것이었다.

그녀는 그를 데리고 둔치골로 들어갔다. 거지들도 그가 신기한 듯 보려고 몰려들었으나 그렇다고 그에게 짓궂게 굴지는 않았다. 그는 여전히 쓰레기를 주워 모았고 잠시라도 한눈 팔면 예의 그 두레다리 밑으로 찾아들었다.

읍내 사람들도 하나둘 씩 그녀의 행동을 눈치 채기 시작했다. 그를 챙기려 드는 그녀에게 갖잖다는 야유를 보내기 시작했고 아이들도 이젠 그녀한테까지 돌을 던지고 몽둥이질해 가며 괴롭히기 시작했다.
"야이, 화냥년아! 미친 놈 좆 맛이 그리 좋데?"
"드러분 꼼보 년이 꼴에 좆 맛은 알아가지고……."
"얼레 꼴레리…… 거지발싸개…… 미…… 친…… 놈…… 물었드래요."
결국 언년이는 그러한 수모와 학대를 견디지 못하고 그를 데리고 그곳을 떴는데, 어디를 가든지 가는 곳마다 짓궂은 놀림과 학대는 계속되었다. 그렇지만 그녀는 전혀 개의치 않았다. 남들이 어찌 생각하든 곁에 그가 있다는 것만으로도 흡족했다.
그녀는 그와의 성관계를 수차례 시도했지만 그는 목석과 다를 바 없었다. 아무리 성적 자극을 꾀해도 그의 남근은 축 늘어진 채 요지부동이었다.
얼굴 표정 또한 변함없이 무덤덤한 것으로 보아 그는 이미 남자로서의 기능을 상실했거나 또는 그런 욕구를 느낄 수 없다 여겼고 그 이후로부턴 더 이상 성관계에 집착하지 않기로 했다.

그녀가 성치 못한 그를 데리고 이 마을 저 마을 쉴 새 없이 떠돌아다니며 구걸도 하고 품삯도 팔기를 10여 년의 세월이 흘렀다.
제대로 먹이지도 제대로 입히지도 못했으나 그래도 그가 살아있는 동안은 그녀 자신이 아닌 타인, 남의 도움을 절실히 필요로 하는 어린애 같은 그에게 무엇인가를 해 줄 수 있다는 기쁨에 어떠한 힘든 일도 어떠한 굴욕적인 것도 참아낼 수 있었다.

그러나 그녀가 아무리 정성을 다하여 그를 보살폈어도 그는 끝내 말한 마디 할 줄 모르고, 감정 또한 표현할 줄 모르는 움직이는 식물인간에서 헤어날 줄 몰랐다.

그의 나이도 50살을 넘긴 듯 그의 머리에 흰 머리카락이 하나 둘 늘어 희끗희끗해지기 시작한 어느 해 초겨울이었다. 그날따라 때 아닌 겨울비가 엄청나게 쏟아졌을 때였다.

그는 그녀가 일 나가고 잠시 비운 새, 여전히 쓰레기 줍는다며 그 비를 흠뻑 다 맞았다. 그리고 그는 급성폐렴에 걸려 며칠 시름시름 앓더니 그녀의 울부짖음은 아랑곳없이 불귀의 객이 되었다.

그리고 그녀는 또다시 홀로되었다.

그렇게 2년 여를 더 떠돌았을 것이다.

발길 닿는 대로 떠돌다보니 그녀의 발걸음은 우연찮게 박 참봉 댁에 닿게 된 것이다.

홀로 부평초처럼 떠돌기에도 진력盡力이 났기에 대갓집 종년을 자처하고 나선 것이다.

10

태봉이는 언년이의 품속으로 파고들었다. 그녀의 품속은 너무도 아늑하여 그 순간은 모든 생각을 멈출 수가 있었다. 비릿한 살 냄새가 오히려 달콤하고 땀내 젖은 옷 냄새도 상큼하게 느껴져 그곳에 코를 박고 열심히 그 냄새를 음미했다.
"에고, 지금 먼 지랄하노? 간지럽다."
그러면서 그녀는 싫지 않은 듯 그의 머리를 어루만져 주었다. 그가 그녀의 가슴 속에 파묻혀 있던 얼굴을 쳐들고 꽤 궁금한 것이 있는 듯한 표정으로 그녀를 올려다 봤다.
"엄니!"
"와?"
"저…… 엄니!"
"먼데? 말해 보그라."
"그게…… 저…… 개들이 암놈, 숫놈 그거 하는 걸 봤는디요. 사람도 그런 걸 하는 갑요?"
언년이는 화들짝 놀라며 그녀 품속에 파묻혀있던 그를 떨어냈다.
"아니, 니 방금 머라 캤노?"
"……"
그녀의 화난 듯한 얼굴 표정을 살피던 그는 풀이 죽어 울먹였다.
"야가……, 야가……."
"미안혀요. 엄니……."
그녀는 자신의 경망스러움을 후회하고 금방 표정을 누그러뜨렸다.
"아이고 이눔아! 그런 건…… 어른들이나 알아야 하는 기라. 넌 아즉 얼라 아니니? 그러니…… 때가 되면…… 자연스리 알게 되는 기라."
"그럼…… 지는 언제 어른이 되는 감요?"
그 질문에는 그녀로서도 이렇다 하고 선뜻 대답해야 할 말을 잃었다. 그녀는 그의 얼굴 표정을 살피며 그의 나이를 떠올렸다.

'태봉인 얼라가 아이다. 열여섯이다. 얼마든지 그 짓을 궁금해 할 수도 있는 나이다.'
그렇다고 당장 어떤 얘기부터 그에게 들려줘야 할 지 막막했다.
'야 나이가 열여섯이니, 여느 사람 같으면 몇 년 후쯤엔 장가 가도 될 거야. 그렇지만……, 야는 정작 장가 갈 나이가 되더라도 몸집은 더욱 오그라들 것이고……, 지금보다 나빠지면 나빠졌지 더 나아질 것이 없지……. 어쩌면 어른이 되기도 전에 죽을 지도 몰라.'
그녀는 갑자기 가슴이 울렁거리며 내려앉는 기분이 들었다. 뒤틀리고 제대로 자라지 못한 기형적 몸뚱이에 비해 그의 남근과 음낭은 의외로 유난히 발달했다는 것을 떠올렸다.
어쩌면 그것만큼은 실하지 못한 몸 대신 제 또래 애들보다 더 발육 상태가 좋을 것이란 생각이 들자 그가 너무 불쌍하다 못 해 눈시울마저 붉어졌다.
'닌들 그것에 관심이 와 안 가것냐, 니가 아무리 그 짓을 하고 싶다 한들…… 니 짝이 시상에 어디 있겠노?'
태봉이는 어느새 새근새근 잠들어 있었다. 그녀의 품이 그에겐 모든 시름을 잊고 편안하게 했던 것이다.
'모든 남정네가…… 하다못해 비렁뱅이들까지 그 짓을 즐기는데, 야는 이런 몰골로 태어나서 그 짓마저 하지 못하고 죽는다면…… 그처럼 원통한 일이 시상에 어디에 있겠노.'
그녀는 여전히 그녀의 가슴에 코를 박고 잠자는 듯이 엎디어 있는 그의 귀에다 대고 소곤거렸다.
"태봉이…… 니, 지금 잠 자나?"
"……!"
그는 멋쩍은 듯 고개를 쳐들지도 않고 좌우로 절레절레 흔들었다.

"가마이 생각해 보이…… 아까 내가 한 말 잘못된 기라. 니는 이제 어른이 된 기라. 알아 듣것냐? 니는 이제 얼라가 아니라 어른이란 말이다. 그래서 하는 말인데……, 니가 알고 싶은 건 내가 다 갈쳐 줄께 머든 물어 본나."

그제야 그는 고개를 쳐들며 그녀를 똑바로 봤다.

"엄니, 진짜여?"

"하모, 진짜고 말고. 거짓부렁 아이다."

"그럼……, 사람도 개처럼…… 그런 거 하나여?"

"그려, 당연하제."

"그럼……, 어른이 되면…… 남자랑 여자랑……."

"그려, 서로 좋아하는 사이라면…… 그리구…… 기분도 좋아지구……."

"그럼……, 지도 그런 거 할 수 있남여?"

"당연하제. 니는 남자여. 니가 좋아하는 여자가 있음, 또 그 여자두 니를 좋아해야 하긋제?"

"예, 그럼…… 서루 좋아해야만…… 되는 건가여?"

"그럼."

"그럼 지는…… 지를 좋아 할 여자가 꼭 있어야 하남여?"

"그럼."

"지를 좋아 할 여자가…… 있어야지요."

"……!"

그는 실망감을 감추기 위해 그녀의 품속에 다시 코를 묻었다. 보통 사람이라면 마음먹기에 따라 얼마든지 즐길 수 있는 그 짓이다. 하다못해 개들까지도 제멋대로 즐길 수 있는 그 짓이다.

그렇지만 태봉이의 경우는 그 흔한 짓을 하고 싶어도 할 기회가 영영 있을 것 같지가 않았다.
'태봉이가 원한다면야……, 그깟 소원이 뭐라꼬 못 들어 줄 이유도 없제. 도적질하는 것도 아이고……, 누굴 해꼬지하는 짓도 아이다. 뭐…… 단 둘이서 비밀로 한다카면…… 흉이랄 것도 없제.'
그녀는 마음을 다시 고쳐먹었다. 어차피 그녀 자신은 몸을 아껴야 할 하등의 이유도 없을뿐더러 애를 밸 수도 없는 몸이니, 그가 원하면 못 해 줄 이유가 없을 것이라 여겼다.
"응, 니…… 이 에미가 좋나?"
"예."
"나두 니가 좋다. 넌 남자고…… 난 여자니께…… 니만 원하면…… 나랑두 할 수 있제."
그는 그 말에 마음이 설레고 기분도 고조되었던지 들뜬 표정을 지었다.
그녀는 그의 사타구니로 손을 가져갔다. 잠시 동안의 어루만짐에도 그의 남근은 기다렸다는 듯이 순식간에 작열하듯 부풀어 올랐다.

지루한 추위가 한 꺼풀 물러나고 부지런한 농부들은 겨우내 움츠렸던 대지를 갈아엎느라 쟁기질이 한창인 이듬해 2월이 다가왔다.
그의 몸도 어느덧 치유가 되었고, 언년이와는 모자지간이자 내밀한 연인 사이로 무르익어 갔다.
그녀의 그에 대한 보살핌도 지극하여 그의 행색은 전에 비해 몰라볼 정도로 나아졌다. 뼈만 앙상하던 그의 몸은 살이 붙어 전처럼 뭔가에 살짝 부딪혀도 쉽사리 뼈가 부러지는 일도 없었고, 얼굴에도 살이 제법 올라 쪼글쪼글했던 잔 주름도 눈에 띄게 사라졌다. 유난히 흰 피부 탓인지 마치 둥근 달덩이를 보는 것 같았다.

그녀가 누구의 눈치도 가릴 것 없이 그를 보호하고 나서는 이유도 있겠지만, 전과 달리 훨씬 보기 좋아진 그의 신수도 사람들이 그를 함부로 대하는 것을 자제하도록 하는 것 같았다.
어쨌든 그녀로 말미암아 그에겐 새로운 세상이 열린 듯했다. 그녀 역시 그로 말미암아 과거의 쓰라린 기억들을 잊고 새로운 삶을 사는 듯 만족하게 여겼다.
박 참봉은 그를 대함에 있어 차갑기로는 여전했으나, 그녀와 그의 살림이 옹색하지 않은 것으로 보아 그래도 제 핏줄을 챙기고 있는 그녀를 은근히 곱게 보았던 것이다.

그런데 그녀에게서는 예기치 못한 일이 벌어졌다. 그녀가 정가의 아기를 사산한 것이 거의 20년 전쯤의 일이었고, 그 이후 숱한 남자관계를 가져왔는 데도 임신을 못 했었는데, 그녀의 배가 점점 불러오고 있는 것이다.
처음 입덧이 시작되었을 땐 그 입덧이 오래가기에 얹힌 것이 잘 내려가지 않은 것이라 여겼었다. 그리고 얼마후 임신임을 확인하고는 무척이나 놀랐으며, 그 일로 온갖 걱정이 다 들었다.
아기 때문에 그가 겪을 갖은 수모와 학대를 생각하니 그녀의 마음은 점점 불안해 졌다. 그리고 혹 그와 마찬가지로 비정상적인 아이가 나올까 그것도 두려웠다.
일이 손에 잡힐 리 없고, 누가 알아챌세라 가슴이 조마조마했다. 독한 마음으로 아기를 지우려고 양잿물도 준비했다.
'이제 석 달째다. 뗄라 카면 지금 떼야 칸다드라. 양잿물 한 종지만 들이키면 애를 뗄 수 있다 카든디…….'
그러나 그녀는 오랜 망설임 끝에 마침내 아이를 낳아 기르기로 결심을 굳혔다. 자신의 뱃속에 든 아기는 틀림없이 하늘이 내린 아이임을 믿어 의심치 않았기 때문이다. 그의 불행한 삶을 하늘이 보상해 주는 것이리라는 확신은 하늘은 어떠한 경우에라도 그와 그의 아기를 지켜 주리라는 믿음으로 이어졌다.
그녀는 이 사실을 그에게 제일 먼저 알렸다.
"태봉아! 내가 니한테…… 꼭…… 일러 둘 말이 있다."
"엄니, 먼 말인디요."
"니 말이다. 절대로 놀래지 말고…… 내 말 잘 듣그라. 그렇다고 해서 절대로 나쁜 일은 아니니깐 걱정하덜 말고……."
그녀는 그에게 자신의 뱃속에 그의 아기가 자라고 있다는 것을 말해주었다. 그는 몹시 놀랬으나 그녀는 아기가 어떻게 해서 생기는 것인지, 아기를 낳으면 어떻게 키워야 할 것인지를 상세하게 설명을 하였다.
그리고 자신의 배 위에 그의 손을 올려놓고, 아기가 좀 더 자라게 되면 아기의 꿈틀거리는 움직임을 손으로 느낄 수 있을 것이란 것도 일러주었다.
"태봉아, 이 애기는…… 하늘이 우리 태봉이에게 내려 준 큰 복덩이란다. 그동안 우리 태봉이가…… 넘…… 불쌍허게 살았다고 니에게……."
그녀는 가슴이 찢어질 듯한 슬픔을, 그리고 흐르는 눈물을 주체할 수 없었다. 누구에게서든 그의 아기의 탄생을 축복해 주리란 걸 기대할 수 없기 때문이다.
오히려 그와 그의 아기가 앞으로 살아가야 할 길이 얼마나 험란하고 고단할 것인가를 떠올릴수록 더욱 가슴이 미어지고 그로인해 고통스러워지는 것이다.

그녀는 이빨을 지그시 악물었다.
그녀 자신의 목숨을 걸고서라도 그와 그의 아기를 끝까지 지켜주겠노라고 거듭거듭 다짐하였다.

언년이의 배는 하루가 다르게 눈에 띄게 불어났다. 처음 그런 사실을 감지한 집안 사람들은 물론 마을 사람들까지 수군거리기 시작했고, 급기야 박 참봉까지 그녀의 임신을 눈치 챘다.
언년이는 임신 사실을 굳이 숨기려 하지 않았다. 그리고 기회가 되면 자연스레 아기의 아비가 누구인가를 스스로 밝히려 했었다.
그녀의 생각엔 그의 아기를 배었다 하여 그 어느 누가 그에게, 또 그의 아기에게 당장 해가 될 짓을 하겠느냐는 것이다. 물론 이후에 지속될 수모나 학대는 얼마든지 감수하겠노라는 것이 그녀가 그와 이미 다짐해 놓지 않았던가.
그러나 박 참봉은 크게 진노하였다.
'양반 가문에 소속된 종년과 다름없는 계집이 돌이킬 수 없는 집안 망신을 시켰다'라는 것이다.
박 참봉은 언년이를 대청마루 앞에 끌어다 무릎을 꿇린 다음, 그녀를 다그치기 시작했다.
이미 박 참봉은 이성을 잃은 미친 사람 같았다.
"봐라, 니 뱃속 애가 대체 늬 앤지 솔직히 털어놔 봐라."
"나으리 마님……."
박 참봉의 노기에 질려 언년이는 말문이 얼어붙고 바들바들 떨기만 했다. 박 참봉은 얼굴이 벌게지다가 이윽고 창백해졌다. 흰자위만 드러난 눈엔 눈물이 그렁하게 맺혔고 턱 주변에 몇 가닥 남지 않은 턱수염이 부르르 떨었다.

"저 년이 어디서 개 같은 짓을 하고 다녔는지, 뚜드려 패서라도 입을 열게 해라."

언년이는 박 참봉의 노기가 의외로 거세어지자 불길한 예감에 사로잡혔다. 무슨 말을 하려 해도 몸이 사시나무 떨리듯 하고 입이 얼어붙어 좀처럼 떨어지지 않는 것이었다.

"나…… 으리…… 마님, 지가…… 지…… 말…… 좀……."

"빨리 네 년한테 붙어먹은 놈이 누군지 대 봐라."

"나으리…… 마님, 잠…… 시…… 만…… 지 말…… 좀…… 들어……."

"뭣들 하는 거냐? 저 년 주둥이를 찢어서라도 배때기 속 아 애비를 밝히지 않고……."

박 참봉이 길길이 날뛰는 그 위세에 눌려 머슴 가운데 아무도 선뜻 나서려는 이가 없었다. 머슴들조차 박 참봉의 노여움이 그토록 크리라고는 예기치 못했던 것이다.

머슴들은 어느새 그녀를 측은하게 여기고 웬만하면 박 참봉이 참아 주길 원했다.

"고놈의 양반 체통이란 게 뭔지……."

"제 발로 이 집에 허드레 일을 하겠노라 자청하여 들어 온 계집이 설령 누구와 눈이 맞아 애를 배었기로서니…… 그냥 쫓아버리면 될 것을……."

상황이 그쯤 되자, 그녀는 차마 태봉이가 아기의 아비 되는 사람이라 말 할 수가 없었다.

박 참봉은 노기를 더 이상 참지를 못하고 버선 발로 마당으로 내려서더니 그녀의 머리채를 거머쥐고는 사정없이 휘둘렀다. 먼발치에서 오돌오돌 떨며 그 장면을 지켜보던 태봉이는 그녀의 고통스런 신음 소리에 자신도 모르게 박 참봉 앞으로 나아갔다.
"나으리 마님……."
"네 놈은 또 머야?"
"나으리 마님, 제가…… 제가…….
"이놈은 뭐냐 말이야? 빨리 이놈을 끌고 나가!"
몇몇 머슴이 엉거주춤 그를 끌고 나가려 하자 그는 큰 소리로 울먹이며 말했다.
"나으리 마님, 지가…… 지가 애비라요."
순간 장내는 찬물을 끼얹은 듯 긴장감과 정적이 흘렀다.
그 순간은 그녀에게 있어서도 그에게 있어서도 마치 맨발로 날이 시퍼렇게 서려있는 칼날 위에 선 듯 참담하고도 고통스러운, 그러면서도 지루한 시간이었다.
"뭐라고? 다시 한 번 말해 보그라. 다시 한 번 더…….
박 참봉의 얼굴색은 흙빛으로 변했고 그의 길게 늘어뜨린 잿빛 턱수염은 분노로 인해 곧추 서 있음을 확인할 수 있었다.
태봉이는 자포자기한 듯 그러면서도 더욱 또렷한 목소리로 말했다.
"예, 지가 애빕니더."
박 참봉은 머슴의 손에 들려진 몽둥이를 뺏어 들고 태봉에게로 달려가더니 움츠러들 대로 움츠러들어 조막만 해진 그의 온몸을 사정없이 후려쳤다.
"에잇! 디져라, 이 노옴!"
"아이쿠!"
"천하에 막돼먹은 후레자식 같은 노옴!"
"아이쿠!"

"네 놈이 감히……."
"아이고……."
몽둥이가 내리쳐질 때마다 그의 몸에서는 뼈가 부러지는 둔탁한 소리가 났다. 신음 소리는 내뱉을지언정 휘청거리면서도 굳건하게 버텨내는 것을 보면 그 조막만한 몸의 그 어느 곳에 그런 강단剛斷이 서려있던지 그저 놀라울 뿐이었다.
그러나 10여 대에 이르는 무지막지한 몽둥이질에 더 이상 버텨내질 못하고 그의 자그마한 몸뚱이는 함몰하듯 그 자리에 사그라졌다.
"어떠케 조…… 쬐맨한 것을…… 그리…… 모질게 팰 수 있다냐?"
"참봉 어르신…… 증말…… 무서분 사람여."
"태봉이…… 증말…… 안 됐구먼……."
"태봉이도 그렇지만…… 언년이가 넘 불쌍타."
어떻게 알고 몰려들었던지 박 참봉의 태질을 지켜보는 눈들이 많았다. 집안의 모든 가솔은 물론이고 담장 위에 희끗거리는 머리들의 수효는 이루 헤아릴 수 없을 만큼 많았다.
그들 구경꾼들은 한결같이 이빨이 덜거덕거리는 두려움에 떨면서도 한 마디씩 내뱉기를 주저하지 않았고, 그런 말들이 조금씩 증폭되어 어느새 웅성거림으로 바뀌었다.
그러면서도 널브러져 있는 태봉이가 여직 살아있을 지를 궁금하게 여겼다. 그리고 내심 태봉이를 깔보며 괴롭혀 왔던 자신들의 허물을 부끄럽게 여기는 이들도 제법 많았다.
박 참봉은 가쁜 숨을 한참 몰아쉬고는 다시 무릎이 꿇린 채 죽은 듯이 눈을 감고 있는 언년이에게로 다가섰다. 모든 구경꾼들의 시선은 언년이에게로 쏠렸다.
박 참봉의 기척에도 그녀는 움쩍도 않았다. 그녀 역시 모든 것을 체념하고 죽음이라도 기꺼이 맞겠다는 듯 보였다.
박 참봉은 이번에도 주저 않고 그녀의 복부를 있는 힘을 다하여 발길로 내질렀다.
"이런 천하에 후레질 년놈들…… 죽어 마땅혀."
"……."
계속 이어지는 박 참봉의 발길질을 언년이는 이를 악물고 고스란히 받아내고 있었다. 그녀는 얼굴부터 온통 피범벅이 되었다. 눈물과 코피, 입에서 쏟아 낸 피가 범벅이 되어 일그러진 얼굴이 더욱 참혹했다.
거듭되는 발길질에도 그녀의 입으로부터는 그 어떤 비명이나 신음 소리조차 들리지 않았다.
박 참봉은 마구 발길질을 해대면서도 그녀의 그런 지독스런 인내에 더한 분노를 터뜨렸다.
"이런 지독스레 독한 년 봤나? 이 년이 사람 잡을 년이제."
"……."
너무나 가혹하리만큼 여겨지는 태질에 저마다 겁을 먹었지만 그래도 구경꾼들 사이에서 조금씩 동요가 일기 시작했다.
"나으리 마님……."
참다못해 머슴 하나가 박 참봉을 부르며 두어 발짝 앞으로 나서려 하자 그 즉시 몇몇이 그를 억지로 뜯어말렸다.
"니도 지금 맞아죽을라 카나? 지발 나서덜 말고 죽은드시 있그라."
"지발 참으라카이……."
마침내 언년이는 무너지듯 앞으로 고꾸라졌다. 그녀의 치마폭에도 점점이 붉은 선혈이 배어나기 시작했다.
박 참봉은 머슴들에게 '두 년놈들을 내다버리라'라고 이르고는 대청

마루로 해서 집안으로 사라졌다.

그로부터 3일이 지났다.
박 참봉은 그 3일 동안 잠 한 숨 자지 못하고 밥 한 술 들지 못했다. 잠이 올 리 없고, 목구멍에 밥이 넘어갈 리 없었다.
불현듯 분기가 치솟아 생각할 겨를도 없이 저질러 놓은 그 일들에 대해 자신이 그들에게 왜 그렇게 잔혹한 짓을 저질렀는지 스스로 생각해도 모골이 송연하였다.
자신에게 귀신에 씌었다고 믿고 싶어도 자신이 저지른 잔악한 행위에 자신조차 진저리가 쳐지는 것이었다.
박 참봉은 태봉이와 관련된 지나간 일들을 주마등처럼 떠올렸고 그때마다 가슴을 쓸어내렸다.
처음 종년 새실이가 자신의 씨앗 태봉이를 배었다는 소식을 들었을 땐 날아갈 듯이 기뻐하지 않았던가?
그리고 태봉이가 태어나자 그의 온전치 못한 기형적 몸뚱이를 접하곤 여태껏 자식은커녕 변변한 사람대접 해 주기에도 인색하였다. 오히려 그에 대한 사람들의 학대와 그의 점점 허물어져 가는 흉한 모습을 내심 즐기기까지 하지 않았던가.
'내가 미쳐도 단디 미쳤구나. 하나밖에 없는 내 핏줄을 그토록 가혹하게 다루어왔으니……'
자신의 대에 이르러 가세마저 기울더니 이젠 뒤를 이을 자손이 없어 대까지 끊길 마당이었다.
'불쌍한 태봉이, 지를 낳아 준 지 애비한테서까지 추악한 꼴을 당하고……, 내가 애비임을 뻔히 알았을 터인데도…… 애비라 불러보지도 못한…… 불쌍한 놈.'

한번 허물어지기 시작한 박 참봉의 감정은 이제 모든 것을 다 잃었다는 깊은 절망감으로 바뀌었다.
봇물 터지듯 터져 나오는 눈물과 오열은 더 이상 양반으로서의 체면과 체통을 따질 계제가 아니었다.
'태봉아!'
'언년아!'
박 참봉은 태봉이와 언년이의 모습을 떠올렸다.
용서를 빌고 싶었다. 진실로 그들 앞에 엎디어 눈물을 흘리며 용서를 빌고 싶었다. 자신이 저지른 씻을 수 없는 죄업을 자신의 배를 갈라서라도 용서받고 싶었다.
'태봉아! 오 내 아들 태봉아! 이 애비를 용서해 다오.'
'언년아! 내 며느리 언년아! 이 시애비를 용서해줄 수 있겠느냐?'
박 참봉은 때늦은 후회로 절규했다.

태봉이와 언년이는 그들을 측은히 여긴 머슴들의 손에 들려져 인근의 깔깔이네 집으로 옮겨졌다. 여편네 웃음소리가 '깔깔'거린다 하여 깔깔이라 불리던 소작농 칠규네 집인 것이다.
언년이는 밤새껏 하혈을 하고 태아까지 쏟아내고는 그 다음날 눈을 감았다. 죽어가면서도 태봉이를 그리 불러댔다는 것이다.
머슴들은 그 즉시 인근 야산의 양지바른 곳에 언년이를 묻었다.
태봉이는 온몸이 만신창이가 되었음에도 그 명줄을 끊지 못한 채 혼절한 상태에서 숨을 헐떡거려 보는 이들을 애닯게 하였다.
박 참봉은 머슴을 통해 태봉이가 여직 살아있노라는 얘기를 전해 듣고는 태봉이를 집안으로 데리고 들어오라 일렀다.
태봉이의 자그마한 육신은 차마 눈 뜨고 볼 수 없으리만큼 처참하게

망가뜨려져 있었다. 퉁퉁 부운 얼굴에 이목구비마저 뭉개져있어 털 뽑힌 돼지머리와 흡사해 보였다.
박 참봉은 기진하여 누워있는 태봉의 손을 잡고 회한의 눈물을 하염없이 흘렸다.

"아들아……, 정신 좀 드느냐? 제발 정신 좀 차리그라."
"……."
"아들아, 날 알아 볼 수 있겠느냐?"
"……."
"아들아, 아들아…… 날 용서해 줄 수 있겠느냐?"
"……."
"아들아, 제발…… 눈이라도 좀 뜨려무나. 제발…… 나를 용서해 다오. 내 지옥에서 억겁의 고통을 당할 지라도…… 너로부터는 용서를 받고 싶구나."
"……."
박 참봉은 소리 내어 흐느끼기 시작했다. 오직 하나뿐인 아들을 그리고 며느리를, 태어나지도 못한 채 죽임을 당한 손주를 안타깝게 부르며 그는 솜털같이 가벼운 태봉이를 끌어안았다.

하늘처럼 두렵기만 하였던 박 참봉이었다.
그 박 참봉이 자신을 부둥켜안고 자신을 아들이라 부르며 용서를 빌고 있음을 꿈결처럼 느끼고 있었다.
"나으리…… 마……, 아…… 부…… 지……."
처음으로 불러보는 아버지였다. 그토록 불러보고 싶었던 아버지였다.

태봉이의 꺼져가는 혼을 다시 모으려는 듯 까불어가는 목소리가 힘겹게 그를 안고 있는 박 참봉의 귓가에 맴돌았다.
"오냐! 내 아들아……."
"아부지…… 지는…… 나비가 될래요."
"나비가 된다고?"
"아부지…… 아부지…… 지는…… 하늘을 훨훨 날라 댕기는 나비가 될래요."
"오냐! 아들아, 부디 나비가 되어라."
이윽고 힘없이 냅뜨려지는 그의 가벼운 얼굴엔 웃음이 머금어졌다. 그리고 이내 싸늘히 식어갔다.
"아들아……."
박 참봉은 그 자리에 엉덩방아 찧듯이 주저 앉고 절규에 가까운 울음을 터뜨렸다.
"어허허헝……!"
"으아…… 으으으으으……."

그로부터 얼마나 지났을까.
박 참봉의 흐려진 시야엔 수십……, 수백……, 아니 수천……, 수만의 형형색색 나비들이 그를 둘러싸고 어지럽게 날아도는 것이 보였다.

140 | 동지冬至 외 3편 | 은유시인 김영찬

노인과 개

중편소설 | 노인과 개 | 141

1

그의 나이 아직은 50대 중반이니 노인이라 부르기엔 좀 이를 것이다. 하지만 굳이 나이를 따지려들지 않는다면 겉보기론 누가 봐도 칠순을 훨씬 넘긴 노인의 행색이었다.
그리고 무엇보다도 그 스스로가 무너져가는 육신에 체념하고 더 이상 세상에 대한 애착이라곤 눈곱만큼도 없으니 누가 노인이라 부른다 한들 전혀 개의치 않았다.
쪼글쪼글한 얼굴에 병색마저 완연한 그의 몰골은 실제 나이보다 열댓 살 이상은 더 겉늙어 뵈게 하고, 오랜 기간 깎거나 다듬지 못한 머리털과 턱수염은 회색 털뭉치가 한데 엉켜있는 듯 볼썽사납기까지 했다.
움푹 패어 들어가 퀭하니 보이는 두 눈은 이미 초점이 흐려 있고, 두 다리조차 성치 않아 걸음새마저 제대로 가누지 못 하는 그를 눈이 삐지 않은 이상 아직 오십 대라 하여 믿을 이는 없을 것이다.

노인은 거리로 나서길 심히 두려워 했다. 어쩌다 마주치는 사람들의 시선이 차갑다 못해 섬뜩하게 느껴지기 때문이다.
모두들 자신에게서 똥물이라도 튈까 몸을 사리는 듯 보였고 징그러운 벌레를 보듯 자신을 혐오스레 여기는 것처럼 느꼈다.
내심으론 '사람들이 하필 나 같은 인간에게 관심을 갖기라도 하겠냐'라며 애써 스스로에게 다짐을 해 봐도 실상 남의 시선에서 오는 부담으로부턴 좀처럼 헤어날 수 없을 것 같았다.
특히 왼쪽 발이 당뇨로 썩어 문드러져 은근히 죽여주는 그 고통은 차치하고라도 걸음새마저 남들 시선 앞에선 괜한 주눅이 들어선지 더욱 주체할 수 없었다. 뒤뚱거리며 허우적거리는 품새로 걷게 되는 것이 그 스스로에게도 영 마뜩찮은 것이다.
그 때문에 근래 들어 그의 바깥 나들이는 좀처럼 드문 일이 되었다.

노인은 꼴에 유별나게 자존심이 강한 사람이다.
사람이란 늙고 병들고 또 가난하기까지 하여 굶주림과 병마의 고통에 찌들수록 남의 시선 따위는 아랑곳하지 않고 인간으로서 지녀야 할 한 가닥의 체면마저 놓는다 했다.
그런데 그는 솜털 같은 자존심을 끝내 놓지 못하고 그 결과 더욱 혹독한 굶주림과 고통 속으로 자신을 채근해 가는 것이다.
사나흘 굶어 아무리 허기진 배를 움켜쥘지언정 비럭질은 절대 하지 않았다.
걸핏하면 되풀이되는 창자가 뒤틀리거나 사지가 찢겨나가는 고통 중에도 그 고통을 누구에게 호소하여 도움을 청하지도 않았다.
그러한 굶주림과 신체적 고통도 내성이 생겨 웬만한 것쯤은 그냥 일과로 받아들일만 했다.
'내 자신의 능력으로도 어찌 안 되는 것은 오로지 참고, 참고, 또 참는 것뿐이다'라는 것이 그 자신에게 있어서 더 이상 남들로 인해 구차해지지 않으려는 마지막 자존심의 보루요, 그 고통을 잠시라도 삭

일 수 있는 자기 최면인 것이다.

노인이 갑자기 쇠약해 진 것은 최근 이년 여 사이의 일이다.
물론 그 몇 해 전부터 서서히 무력증이 심화되어 칩거하는 날이 많아졌다. 그렇다고 이렇다 할 잔병 치레는 하지 않았다.
원래 다부지고 건강한 체질이라 병원이나 약국 같은 데는 발걸음을 좀처럼 하지 않는 편이었고, 낙천적인 성격까지 지녀 여태까지의 삶을 그리 비관적으로 생각하지도 않았다.
노인은 몸의 컨디션이 안 좋다 싶으면 잠을 충분히 잠으로써 잘 극복해 내었다.
그런 나름의 자가 요법은 일상 생활에서의 어려움과 두려움, 좌절까지도 물리치게 할 수 있는 만병통치약처럼 활용하여왔다.
아플 때는 물론, 아무리 고단하거나 고통스러운 일을 겪게 되더라도 잠을 푹 자고나면 거짓말처럼 그 모든 것들이 말짱하게 걷히고 해결되었던 것이다.
노인은 이년 전쯤 지역 의료보험조합에서 실시하는 무료 건강검진 결과 '당뇨와 고지혈증'이란 판정을 받은 바 있다.
그리고 병원 측에서 정밀 검사를 받아 볼 것을 권유했지만 응하지를 않았다.
상당한 금액으로 추정되는 정밀검사 비용도 부담스러웠지만, 무엇보다 '차라리 모르고 지내는 게 속 편하지, 괜히 긁어 부스럼 만들 이유가 없다'라는 생각에서 였다.
그는 당뇨나 고지혈증은 귀족병이라 하여 영양 상태가 좋은 사람들에게만 걸리는 병으로 인식해 왔다. 그 때문에 자신처럼 '하루 두 끼도 먹는 둥 마는 둥 하는 사람에게 가당키나 한 병인가'라는 의구심마저 품었다.
그리고 이후로도 병원의 판정을 염두에 두지 않고 계속 방치해왔다.
5년 넘게 의료보험료가 밀린 탓에 보험 혜택을 전혀 받을 수 없을 것이라 여겼고 얼마라도 부담해야 하는 치료비마저 감당할 자신이 없었기 때문이다.
그런 이유 말고도 여태까지 별 탈 없이 살아왔듯이 갑자기 쓰러질 리 없다는, '내가 이래봬도 건강만큼은……'이란 확신이 깔려있기도 했다.

노인의 처지가 더 이상 궁핍해지려야 궁핍해질 수도 없는 그런 막다른 상황이라 어쩔 수 없었겠지만, 더하여 자신의 건강에 대해 지나치리만큼 소홀히 여겨왔기에 결국 노인은 돌이킬 수 없는 최악의 상황을 맞게 되었다.
그는 불과 반년 사이에 자신의 몸의 상태가 급격히 나빠지고 있다는 것을 느끼기 시작했다. 그런 불길한 증상들은 그의 신체 각 부위에서 동시다발적으로 나타났다.
먼저 가뜩이나 고도근시였던 시력이 점차 침침해지더니 글조차 제대로 읽을 수 없게 되었다.
몸도 훌쩍 여위어갔다. 복부는 오히려 팽배해져 임산부의 배처럼 불거져 나오는 반면에 그 외 가슴과 어깨, 그리고 목덜미와 허벅지 등의 살들은 녹아내리듯 빠져나갔다.
관절도 부실해졌는지 좀 걷거나 무리하면 해당 관절들이 시큰거렸다. 잠에 빠져있을 땐 더한 통증 때문에 시달렸다.
온몸의 뼈마디가 제멋대로 탈구脫臼되어 내려앉는 묵직한 압박 통증에 몸을 쉬 뒤척일 수도 없지만, 간헐적으로 관절이 마구 뒤틀리는 극심한 통증이 다가와 소스라치게 잠에서 깨어나기 일쑤였다.
무엇보다 그를 괴롭히는 것은 두 발 모두가 시커멓게 썩어가고 있어 걸음을 제대로 걸을 수 없다는 것이다.
처음엔 발이 저리고 묵직하게 여긴 정도로 시작된 것이 점차 감각이 둔해지더니 물집이 생기고 여간 가려운 게 아니었다.
자꾸 긁다보니 상처 부위는 점점 커지면서 붉은 색을 띠고 진물이 나기 시작했다.
당뇨나 고지혈증이 뭔가 싶어 관련 서적을 들춰 본 적이 있었기에 그로인한 근심은 끊이질 않았지만, 그렇다고 달리 취할 방법이 없어 기껏 약국에서 요오드팅크와 연고, 가재 등을 사다가 자가 치료하는 정도로 만족해야 했다.
썩어가는 상처 부위는 지속적으로 화끈거리면서도 몹시 가려웠다. 아픈 것보다도 가려운 건 도무지 참아낼 재간이 없었다.
그러나 하루 종일 가려운 상처 부위를 긁다보니 나중엔 그 짓이 마치 유일한 소일거리처럼 되었다. 긁는 것 자체로 묘한 쾌감을 얻게 되고 또 은연중에 즐기게끔 된 것이다.
소싯적 발가락에 심한 무좀을 앓았을 때 그 긁는 쾌감으로 보다 쉽게 완치할 수 있었음에도 불구하고 오랫동안 무좀을 지녀왔던 것과 같았다.
그러나 아무리 가려워도 어르듯 살살 살펴가며 긁어야지 괜히 박박 긁을 수는 없는 것이 자그마한 자극에도 가려움증은 이내 칼로 도려내는 듯한 지독한 통증으로 바뀌는 것이다.
그래서 노인은 손톱 대신에 넓은 아크릴 조각의 각진 부분을 둥글게 다듬어 상처 부위를 넓게 긁는 요령까지 터득한 것이다.

2

노인 또한 여느 사람 부럽지 않게 한 때는 부산권에서 내로라 하는 큰 인쇄소를 운영했으며, 여느 가정 못잖게 단란한 가정을 지니고 있었다.
그때까지만 해도 그에게 머리를 조아리는 사람들도 많았고, 또 하고자 해서 못 이룰 것이 없다 여겼기에 대단한 자부심과 대단한 우월감으로 늘 자신만만했었다. 그런데…….
"사람 꼴 우습게 되는 것도 한 순간이야."
생각할수록 부질없는 짓이라 여겼고 그때마다 내뱉는 말이었다. 어떻게 20년 넘도록 피땀 흘려 일궈놓은 사업장이 한 순간에 무너질 수 있으며, 어떻게 단란했던 가정이 한 순간에 파탄을 맞게 되었는지 그로서는 도무지 납득할 수 없었다.
'미꾸라지 한 마리가 온 웅덩이를 분탕질해 놓는다'라는 옛 속담처럼 그가 이뤄놓은 모든 것들은 그야말로 한 순간에 그것도 손아래 동서의 농간에 의해 모래성처럼 흔적 없이 무너져 내렸던 것이다.
한때는 자신의 모든 것을 한꺼번에 잃었다는 상실감보다도 아랫사람으로부터 농락 당했다는, 그것도 철썩 같이 믿었던 손아래 동서로부터 배반 당했다는 분노로 인해 밥도 제대로 먹지 못 했고 잠조차 제대로 잘 수가 없었다.

노인이 평생 걸려 일궈놓은 그 모든 것을 정리하고 부산 변두리 감천에 허름한 하꼬방 같은 열여덟 평짜리 임대 사무실을 얻어 사무실 겸 주거 공간으로 사용해 온 지도 벌써 6년 여의 세월이 흘렀다.
처음 사무실을 장만했을 때만 해도 갓 50을 넘긴 나이라 새 출발을 다짐하는 나름대로의 계획과 포부가 있었다.
그리고 한동안은 오랜 기간 거래해 왔던 과거의 거래처들로부터 소소한 일거리를 맡아 그런대로 쪼들리지 않고 지낼만했다.
그러나 아이엠에IMF인지 뭔지 때문에 가뜩이나 좋지 않던 부산지역 경제가 한 순간에 죽을 쑤기 시작했고, 그에게도 그 영향이 바로 미쳤다.
근근이 유지해 왔던 몇몇 거래처마저 도산하거나 자금 사정이 좋지 않아 하나 둘 떨어져 나갔고, 마침내 끼니를 걱정해야 하리만큼 생활이 곤궁해지기 시작했던 것이다.
그쯤에 이르러서야 노인은 뒤늦게 철든 아이처럼 비로소 세상 인심의 큰 흐름을 깨달았다.
세상의 인심이란 것은 내가 베풀 수 있는 위치에 있을 때나 후한 것처럼 느껴지는 것이지 지금처럼 남의 도움을 절실하게 필요로 할 때엔 차디 찬 빙벽처럼 냉정한 것이다.
친지들은 물론 일가 친척들마저 그가 찾아가기라도 하면 도움이라도 청할까 싶어 미리 설레발을 치는 것이다.
별 도움도 얻을 수 없을 바엔 굳이 찾아가야 할 이유마저 없다싶어 그들과 담을 쌓은 지 오래였다.

우리 사회는 '돈이 곧 신용이요, 돈이 곧 인격이다'란 금권 만능주의가 팽배해 있다.
같은 사람을 놓고도 단지 '돈을 많이 갖고, 못 갖고'에 따라 귀히 여기기도 하고 하찮게 여기기도 한다. 인물 됨됨이나 내재된 능력 따위는 그다지 중히 여기는 눈치가 아니다.
노인에게는 그런 사회 정서 외에도 '돈은 곧 생명이다'란 실감이 보다 앞섰다.
하루하루 끼니를 걱정해야 하고 병 들어도 치료를 받을 수 없다면, 돈은 곧 생명 이상의 가치를 지닌 지고한 것으로 인정하지 않을 수 없는 것이다.
그리고 나이와 건강 상태도 사람의 가치를 가늠하는 척도이다. 젊고 건강한 육체를 지녔을 땐 가난이란 것이 그다지 큰 문제라 할 수 없으나 늙고 병들었을 때의 가난이란 것은 엄청난 재앙인 것이다.
노인의 경우 그로인한 자괴감은 더욱 가중될 수밖에 없었다.
날이 갈수록 더해가는 경제적 궁핍은 결국 노인으로 하여금 막다른 궁지로 내몰리게 했다. 대외 활동은 물론 심리적으로도 크게 위축되었기에 점차 사람들을 멀리하게 되더니 어느새 병적으로 사람들을 기피하게 되었다.
그렇지만 '사람은 사회적 동물'이라 하지 않던가. 사람이 사람 무리로부터 뚝 떨어져 홀로 살게 된다면, 한동안은 견딜 수 있을 진 몰라도 결국엔 지독한 외로움 때문에 그 자신마저 감당키 어렵게 된다.
그리고 무엇보다도 사람들로부터 자신이 잊히리라는 것이 더욱 두려운 것이다.

노인은 견디기 힘든 무료함이라도 달랠 수 있을까 하여 한동안 처박

아났던 컴퓨터를 가까이 하기 시작하였다. 혹시나 어디서든 일거리가 들어오지 않을까 하여 돈이 아무리 급해도 처분하지 않고 지녀온 컴퓨터였다. 하긴 사용 연도가 오래된 중고 컴퓨터라 내다팔아도 손에 쥐게 될 금액은 하찮을 것이다.

그는 오래전에 웬만한 컴퓨터 기능은 다 익혔다. 뿐만 아니라 인쇄물 편집 작업까지 직접 처리할 수 있는 실력도 갖췄다.

노인은 오래전에 끊겼던 인터넷을 다시 연결하고 이후부터 컴퓨터에 매달려 사이버 세계에 몰입하기 시작했다. 인터넷을 통해 영화도 보고 음악도 감상하고 잡다한 종류의 글도 읽었다. 그리고 세상 돌아가는 사정도 인터넷을 통해서 알게 되었다.

그러다 우연찮게 채팅 사이트에 들어서게 되었다. 처음엔 채팅 대화방에서 일어나는 일들에 대해 이해가 되지 않아 그들이 주고받는 대화 내용을 들여다 보며 '별 유치한 짓거리들이라니……'라는 생각에 실소를 금치 못했다.

대화창에 신기한 그림들이 올라오고 또 신청곡을 부탁하면 누군가가 그 음악을 들려주고 그들의 대화를 눈여겨 보게 되면서 참 별난 세상이 모니터 너머 존재하고 있음에 마냥 신기하게 여겼고, 어느덧 채팅에 익숙해 지면서 차츰 그 재미에 흠뻑 빠져들었다.

채팅 사이트에 들어오는 사람들 대부분은 20대나 30대이다. 10대나 40대도 더러 있지만 50대를 비롯한 그 이상의 연령층은 어쩌다 간간히 눈에 띌 뿐 거의 없었다.

그러니 그의 나이가 오십 다섯이란 것은 현실 세계와는 달리 사이버 세계에서는 '지극히 연세가 든 노인'으로 취급되기 십상인 것이다.

채팅 사이트에 드나들면서 알게 된 사람들은 그를 '어르신'으로 '큰 형님'으로 '오라버니'로 부르기 예사요, 어떤 이들은 한 술 더 떠 '노인장'이니 '할배'라고까지 부르길 주저함이 없었다.

채팅 대화방에서는 대부분 실명 대신에 별명 비슷한 대화명이란 것, 줄여서 대명이란 것을 사용한다. 대화명은 사용 당사자가 기분 내키는 대로 수시로 바꿔 사용할 수 있는데 '꼴통'이니 '개장수'니 '독불장군'이니 따위의 어감이 별로 좋지 않은 것들도 눈에 띄지만, 어떤 대화명은 그 사용자의 이미지를 미화시키기에 충분했다.

특히 여성의 경우가 그러한데 '클레오파트라'니 '밤이슬'이니 '별빛초롱'이니 '별빛처럼영롱한비단'이니 '유츠프라카치'니 '꿈꾸는오션지'니 '붉은장미'니 '달가르기'니 '사랑한줌'이니 등등의 때론 기발하고 때론 호기심을 자극하는 대화명들을 사용했다.

그들 대화명들은 실제 상대의 모습이나 성격, 환경 등이 어떻든 간에 일단 상대에 대해 아름답다거나 사랑스럽다거나 환상적인 상상을 부추기게 마련이다.

그리고 그러한 상상 속의 이미지를 지닌 여성들에게 접근을 하고 대화를 나누다 보면 현실에서의 어려움은 깡그리 잊게 되고, 그 자신도 상대 여성에게는 노련한 사업가요 재산가요 사회적 명망가로 둔갑되어 맘껏 사회적 지위를 누리고 있는 듯이 그런 황홀한 기분을 만끽할 수 있는 것이다.

노인이 채팅에 재미를 붙이고 대화방을 들락거리며 많은 여성들과 일팅1:1대화을 하다 보니 서로에게 호감을 갖게 되어 실제로 만나게 되는 경우도 여러 번 있었다.

어쩌면 스스로의 남루한 행색으로 여성과의 만남 자체가 별로 내키지는 않았어도 그의 궁핍한 생활이 한계에 이르다 보니 다급한 마음에 뭔가 기대하는 바가 있어 만날 궁리를 했는 지도 모를 일이었다. 그러나 실제로 만나 본 여자들은 하나같이 그의 상상 속의 여자들과는 거리가 멀었다.

실망감을 애써 감추고 상대를 대했지만 그를 본 대부분 상대 여성 또한 그의 형편없는 추한 몰골과 궁티 나는 행색에 적잖이 실망한 기색을 드러냈다. 그래서 기껏 차 한 잔이나 식사 한 끼 마주하고는 곧바로 헤어지기 일쑤였다.

채팅에 어느 정도 이골이 날 무렵, 그는 여기저기 사이트를 섭렵하다가 여러 군데의 문학 사이트를 알게 되었다.

그들 게시판에 올린 글을 읽고 또 재미삼아 글을 하나둘 써서 올리기 시작했는데, 글 쓰는 재미가 너무나 새삼스럽고 놀라워 그런 즐거움을 왜 진작부터 몰랐을까,라는 아쉬운 생각마저 들었다.

원래 글을 좋아하고 따라서 책에 남달리 욕심이 많았기에 글을 쓰는 데에도 쉽게 적응하였다.

간단한 신변잡기부터 쓰기 시작한 그는 얼마후부턴 시며 수필이며 소설이며 장르를 가리지 않고 내키는 대로 써나갔다.

잠자는 시간과 생리 욕구를 해결하기 위한 짧은 시간 외에는 눈 뜬 시간 대부분을 글을 쓰는데 소비했으며, 그만큼 글 쓰기에 재미와 열의를 갖게 된 것이다.

글을 쓰는 동안에는 당장 코앞에 들이닥친 모든 고통과 시름을 잊을 수가 있어 좋았고, 무엇보다도 그 자신에 대해서나 자신의 생각을 글 속에서 자유롭게 그려낼 수 있어 좋았다.

잠재되어 있던 분노와 욕구, 잊혀가는 희로애락의 감정들이 젊은이의 감성처럼 펄펄 살아 꿈틀거림을 느꼈다.

현재 일거리가 완전히 끊긴 노인에게 있어 유일한 수입이라고는 동

사무소에서 매달 그의 통장으로 입금시켜 주는 월 26만 원 남짓의 영세민 생활안정지원금이 전부였다. 그 돈도 오랜 행정 사무와의 힘겨운 겨룸 끝에 1년여 전부터 지급받기 시작했다.

사무실 임대료 월 12만 원과 매달 이삼만 원씩 나오는 전기료, 3만 원 남짓의 인터넷 사용료를 제외하면 실제론 끼니도 제대로 해결할 수 없는 적은 금액이었다.

따라서 만만히 밀리는 게 사무실 임대료라 집 주인과의 마찰이 잦을 수밖에 없었다.

한때는 여러 문예공모 등에 응모하여 약간씩의 상금을 타기도 했고, 신문이나 잡지 등에 원고를 기고하여 얼마씩 주어지는 고료도 있었다. 그러나 글을 쓸 수 없을 정도로 시력이 급격히 나빠졌고, 또 급히 돈을 쓸 일이 있어 얼마 전에 컴퓨터를 처분한 이래 그나마 소소하게 벌어들이던 수입도 거짓말처럼 뚝 끊겼다.

그 뒤로 그의 일상은 길게 늘어뜨린 시계추처럼 늘 변함없는 하루하루가 되풀이되었는데, 글을 쓰거나 제대로 읽을 수 없게 된 이래로 시간의 흐름이 더욱 더뎌진 듯했고 자연히 느는 건 잠밖에 없었다. 잠자리 역시 편치는 않았으나 앉아 있기조차 불편해 진 그로서는 누워서 지내는 시간이 늘어 갈 수밖에 없었다.

그는 사무실 안쪽의 별도로 칸막이 질러 마련한 살림방에 진종일 처박혀 지냈다. 그리고 이삼 일에 한 번 꼴로 사람들의 시선을 피할 수 있을 만큼의 어스름한 어둠을 틈타 동네어귀로 무거운 다리를 끌고 어기적거리며 산책에 나서고는 했다.

야밤의 산책은 그에게 있어 그나마 세상을 대할 수 있고 계절의 변화를 느낄 수 있는 유일한 기회라 할 수 있었다.

칠 개월 전쯤이었던가, 그때의 산책길에서 우연찮게 동네 후미진

곳의 쓰레기통을 헤집고 있던 작고 추레한 암캐 한 마리가 눈에 띄었다.
지 어미 뱃구레에서 나온 지 서너 달쯤으로 보이는 잡견으로 제대로 못 먹어서 비쩍 곯은 데다 온몸에 번진 피부병으로 군데군데 털마저 흉흉하니 빠져있었다.
노인이 다가서자 고놈은 도망 갈 생각은 않고 꼬리를 사타구니에 박은 채 연신 흘끗거리며 쓰레기통 속의 내용물을 허겁지겁 먹어대는 것인데, 다름 아닌 일회용 기저귀 속의 배설물이었다.
그는 자신의 주제를 까맣게 잊고는 '웬 떡인가' 싶을 정도로 반가운 마음이 앞서 앞뒤 가릴 것 없이 개를 덥석 끌어안고 집으로 돌아왔다. 개를 그만큼 좋아했던 것이다.
"쯔쯔쯔……. 니 신세나 내 신세나 어쩜 그리 똑 같냐? 먹는 것에 매달리기조차 고달프니 말이여. 살기 위해 먹는 건지 먹기 위해 사는 건지 모르것지만……."
잔뜩 겁먹은 개의 눈망울을 바라보니 왠지 서글픈 마음에 절로 눈시울이 붉어졌다.
그리고 지금쯤 장가를 가야 하고 시집을 가야 할 나이가 되었음직한 아들 '규만'이와 딸 '애련'이 생각에 한동안 울컥거리는 가슴을 진정시켜야 했다.
개는 그가 몸을 씻기고 닦는 동안 부들부들 떨어대면서도 연신 그의 손가락이며 손등을 열심히 핥아댔다. 그는 개를 씻기고 수건으로 물기를 닦아주면서 계속 지껄여댔다.
"에구, 이렇게 비쩍 꼴았으니 개장수라도 널 데려가지 않았을 끼구먼. 널 끓여봐야 한 입거리는커녕 이빨 사이에 낄 것도 없을 테니 말이여. 참, 내가 별 주착 바가지 같은 소릴 다하고 있네 그려. 그렇다고 기분 나쁘겐 생각 마러. 그냥 해 본 소리니께."
다 씻겨놓고 보니 그래도 한결 나아보였다. 내친김에 가위를 찾아들고 듬성듬성 엉겨붙어 있던 개의 털까지 정성들여 깎았다.
온몸에 부스럼이 돋아있어 치료하려면 털부터 제거해야 하겠거니 하는 생각에서였다. 그렇다고 달리 발라 줄 약도 없고 하여 무좀약을 옥도정기에 개어 조금씩 발라주었다. 그러면서 개의 피부가 사람 피부보다 약하다는 얘기를 얼핏 들은 바가 있어 내심 걱정을 했다.
"그라고 넌 누가 뭐래도 이제부턴 내 새끼여, 알간? 내 새끼여……, 내 새끼……."
'새끼'라는 소리를 몇 번 주억거리다 보니 곁에 식구가 하나 늘었다는 실감과 함께 뿌듯한 기분이 들었다. 함께 할 수 있다는 생명붙이가 그리 고맙고도 소중한 것이려니 여겨졌다.
그러고 보니 어느덧 10년 넘게 혼자 살아왔음을 헤아렸다.
"이렇게 깨끗하게 씻기고 보니, 니도 인물 난다야. 하이고, 요 녀석 눈깔 하난 디게 이쁘구먼, 어디 보자…… 요 주둥이도 깜찍하고……."

개는 흰 털 바탕에 검은 털로 얼룩 진 바둑이로, 얼굴은 전체가 검고 뾰족한 주둥이 부분만 유난히 하얗다.
오랫동안 굶주리고 쫓겼던 탓인지 꼬리는 여전히 사타구니 사이에 박힌 채 머리는 축 늘어뜨리고 눈알만 데굴데굴 굴려대는 것이다. 그리고 눈치는 빤하여 눈길만 줘도 부들부들 떨어댔다.
노인은 배가 고플 개를 위해 뭔가를 먹일 것을 궁리하다가 양은냄비에 물을 붓고 라면을 끓일 채비를 했다. 마땅히 먹일만한 것이라곤 라면밖엔 없었던 것이다.
"오늘은 내 널 위해 특별식을 준비하는 기다. 그렇다고 뭐 대단한 건 아니지만……, 얼라 똥 보담은 안 낫것나. 헤헤……"
그는 계란 한 알을 개 코에 바싹 갖다 들이댔다. 그 흔해빠진 게 계란이라지만 그에게 있어 계란조차 특식처럼 여겨진 지도 이미 오래였다.
개는 계란을 열심히 핥다가 별 맛을 못 느꼈던지 코를 벌름거리다간 그의 손가락을 핥아대기 시작했다. 그는 라면 하나를 끓이다가 다 끓을 즈음 계란 한 알을 터뜨려 넣었다.
라면이 익어가는 동안 노인과 개는 구수한 라면 냄새에 함께 침을 흘렸다. 개는 이제 노인에 대한 경계를 풀었는지 꼬리까지 살랑거리며 '콩콩' 짖어댔다.
개 이름을 뭘로 지을 것인가 고민하던 노인은 개의 짖는 소리를 따라 짖어 보았다.
"그래 콩콩이……. 니 짖는 소리 들으니께 콩콩이가 적격이여, 콩콩이가 어뗘? 니도 맘에 드냐? 니 눈알도 깜장 콩알 같고, 또 니 짖는 소리도 콩 튀는 소리 같으니께, 이제부텀 니를 콩콩이라 불러줄 끼다. 알긋냐?"

3

2005년 10월 24일은 노인이 오십 여덟 번째로 맞는 생일날이다. 지난 10년 가까이 그는 자신의 생일을 잊고 지냈다. 챙겨 줄 사람도 없었지만 그 스스로도 생일 따위엔 그다지 연연하지 않았다. 생일날을 맞게 되면 그저 '오늘이 내 생일날이려니……' 생각으로 떠올리기만 했을 뿐이지 미역국이라도 끓여먹을 생각은 하지 않았다.
그러나 그날은 아침 일찍부터 서둘렀다. 자신의 죽음에 대해 많은 생각을 끊임없이 반추하며 다듬어 왔던 노인은, 그날이야 말로 자신이 죽음을 맞이해야 할 적시임을 확신했다.
그리고 거룩한 제례 의식을 치루 듯 엄숙한 마음으로 죽음의 의식을 준비하고 있는 것이다.
세상에 대해 어떤 자그마한 미련도 남아있지 않고, 세상의 모든 인연과도 말끔히 정리된 듯 여겨졌다.
자신의 죽음이 그 어느 누구도 슬프게 할 까닭이 없듯이, 자신의 죽음을 놓고 입방아를 찧을 사람도 없을 것이다.

근래 들어 집 주인의 발걸음도 뜸해졌다. 여러 달씩 월세가 밀리면서부터 일주일이 멀다하고 뻔질나게 드나들며 득달해 왔다. 그러나 문을 두드리는 사람이 집 주인인 줄 뻔히 알면서도 문을 열어주지 않자 밀린 월세 받기를 진작 포기했는지, 아니면 두고 보자며 벼르고 있는 건지 한동안 나타나지도 않았다.
처음엔 사무실 비우라는 내용증명을 보내오고 명도 소송을 낸다고 겁박도 해 왔다. 그렇지만 몇 년간 살아 온 정 때문인지, 아니면 인간성이 그리 박절하지 않은 탓인지 그냥 어물어물 넘어가는 눈치였다.
"이봐여, 서 사장. 지금 몇 달치 밀렸는지 알고 있기나 한 거요? 몇 달이 뭐야? 이러다간 보증금을 다 파먹고 말지. 이제 고만 애먹이고 집 좀 비워주소. 일거리도 없는 양반이 뭐 하러 이리 넓은 델 차지하고 있능교? 좀 허름한 단칸방을 얻으면 월세라도 반쯤은 절약 안 되겠능교?"
"박 사장님, 거 말 같지도 않은 소리 씨부리지 마요. 단칸방에 어찌 이 짐이 다 들어가요? 쪼매만 더 기다리면 돈 구해서 얼마라도 갚아 줄 테니……. 아님, 보증금이 남아있는 동안만이라도 속 편히 있을 수 있게 해 주소. 그리고 머잖아 비워 줄 때 되면 비워 줄 테니……."
"이 양반은 맨 날 녹음기 틀어놓은 것처럼 똑같은 소리만 되풀이 하네. 맨 날 문만 걸어 잠구고 일도 안 하는 거 같더구먼."
"내가 하는 일 없이 늘상 노는 거 같아 뵈도 실젠 놀고만 있는 게 아니라요. 그래도 글이란 걸 열씨미 쓰고 있으니까 언젠가는 돈이 되 것지요."
"글 쓴다고 뭐 돈이 어디서 굴러들어 온답디까?"
"거 문예공모란 게 있잖수. 상금이 몇 백만, 몇 천만 원씩 하는……."
"사람하곤…… 아예 뜬 구름이나 잡지……."

하여간 집 주인으로부터 밀린 월세 때문에 사무실을 비우라는 메스꺼운 소리를 귀에 따가리 앉도록 들어왔다.
여간 쫀쫀한 인간이 아닌 지라 평소 단 돈 몇 푼 차용하기도 어렵지만, 그래도 강제로 내쫓지 않는 것은 알량한 전세 보증금이 얼마간은 남아있기 때문이다. 그리고 실제 남아있는 전세금이라야 기십만 원에 불과할 테니 그 돈으로야 어디 마땅히 얻어 나갈 장소도 없었고, 또한 엉뚱한 곳으로 이사한다 하여 그곳에 적응할 자신도 없었다.
그리고 무엇보다도 성치 않은 몸으로 더 이상의 곤궁한 세월을 견뎌낼 수 있을 것 같지도 않았다.

그로서도 더 이상 밀린 월세를 빌미로 사정하거나 굽히고 싶지 않은 심정이라 주인 입장에서 볼 땐 그야말로 '배 째라'는 식으로 막무가내 버텨 온 것이다.

노인은 그의 마지막 남은 전 재산이라 할 수 있는 전세 보증금이 밀린 월세로 다 파 먹히기 전까지는 반드시 죽어 없어지리란 결심을 하였다.

따라서 전세금의 잔여금이 줄어드는 것이 마치 죽음을 재촉하는 카운트 다운과 같다는 생각이 들자 실소를 머금기도 했다.

'이 사무실로 이사 온 게 엊그제 같은데……, 벌써 햇수로 6년이 넘었네. 400만 원 걸어놓고 참 엔간히도 버텼다. 내가 달팽이라면 이 사무실은 내가 힘겹게 짊어지고 다닌 등껍질일 테지. 유일한 안식처이면서도 호된 짐짝 같은…….'

얼마 남지 않은 세간과 비품들을 처분할 수 있는 대로 처분하여 몇 군데 깔려있던 외상값도 말끔히 정리했다.

그는 세상 사람들한테 단 한 푼의 빚도 남아있지 않음을 그나마 다행스레 여겼다. 언젠가 문득 그를 떠올리는 사람이 있더라도 그가 생전에 자신의 돈을 떼어먹고 죽은 사람으로 기억되는 것이 싫었던 것이다.

물론 이혼한 전 처나 두 자식을 생각하면 남편으로서 아비로서 최소한의 의무마저 다하지 못 했음이 그리고 유산이라곤 땡전 한 푼 남겨놓지 못하고 죽어야 한다는 것이 못내 서글프고 민망한 노릇이겠지만, 그들이 언제 남편 덕을 아비 덕을 기대했을까 싶은 생각에 죄책감을 애써 덮어두려 했다.

오히려 서운한 감정으로 치면 그 자신의 가슴에 쌓인 응어리가 더

클 것이다. 합의 이혼 후, 애들은 몇 년이 지나도록 단 한 번도 상판 대기를 비추기는커녕 전화 한 통 걸어오지 않았으니까. 노인은 울컥 해진 마음을 추스르며 몇 번이고 되뇌었다.
'그려, 다 내 잘못이니께……. 허지만, 건강하게나마 살아다고. 그리고 무슨 일을 겪게 되더라도 절대 남의 탓으로 돌리지 말고, 또 아무리 어려운 일이 있더라도 용기만은 잃지 말아다고. 사후에 저승과 영혼이란 게 있다면, 내 반드시 이승을 떠돌며 너거들을 지켜주는 수호천사가 되어주꾸마.'

노인은 최근 몇 년간 쭉 자살을 생각해 왔다. 아프고 불편한 몸으로 아무런 희망도 없이 구차하게 살 바엔 미련 없이 세상을 버리는 편이 더 나을 것이란 생각 때문이다.
지하철 역에서나 철도 건널목 등에서 달려오는 기관차에 몸을 던질까도 생각했었다.
그러나 죽는 마당에 사지가 절단되어 피가 낭자한 자신의 처참한 몰골을 남들에게 보여주기 싫었다.
쥐약 등 독극물을 마시고 죽는 것도 생각해 봤다.
그런데 그런 방법도 왠지 내키지 않는 것이 너무 고통스러울 것이란 생각이 든 것이다.
천 길 낭떠러지에서 떨어져 죽는 생각도 해봤다.
바위에 부딪혀 으깨지고 찢겨진 자신의 사체가 그려졌다. 그것도 내키지 않았다.
강물이나 바닷물에 빠져 죽는 생각도 해봤다.
물에 퉁퉁 불어 허옇게 부풀어 오르고 게다가 물고기 등에 반쯤 파먹혀 형상을 알아 볼 수 없는 자신의 사체가 그려졌기에 그 방법도 왠지 내키지 않았다. 그런 불유쾌한 형상으론 죽을 수 없었다.
'가스를 켜놓고 질식해서 죽는다?'
'수면제를 잔뜩 먹고 깊은 잠에 골아 떨어져 깨어나지 않는다?'
그 방법들도 썩 내키지 않는 것이, 누군가가 자신의 사체를 혐오나 연민에 가득 찬 눈길로 바라 볼 것이라는데 섬뜩함을 느꼈다.
'깨끗하고 감쪽같은 죽음은 어떤 것일까?'
이 세상의 그 어느 누구에게도 전혀 부담이 되지 않는, 그러면서도 덜 고통스럽게 아무도 모르게 흔적 없이 사라질만한 방법을 떠올리려했다.
그런데 아무리 생각을 해 봐도 만족하게 죽을 수 있는 방법이 도무지 떠오르지 않는 것이다.
'인터넷엔 자살 사이트란 것이 있어 자살하겠다는 사람을 도와준다고 하긴 하더라만……'
그것 역시 번잡스럽기만 했지 정작 자신에겐 별 도움이 안 될 듯싶었다.

노인은 콩콩이를 만나고서야 비로소 만족스런 죽음을 생각해 낸 것이다. 죽을 때와 그 방법까지 결정하고 나니 마냥 홀가분한 느낌이었다.
한때는 가족들 품속에서 죽는 늙은이야 말로 복 받은 사람일 것이란 부러움과 죽음을 맞아 입고 갈 수의라도 장만한 사람에 대한 부러움이 앞섰다.
그러나 이제 노인은 다른 이들의 죽음을 부러워하지 않게 되었다. 오히려 자신은 죽음을 선택하는데 있어서만큼 그 누구보다 더한 축복을 받았을 지도 모른다는 생각마저 들었다.

비록 가족의 품속이 아니더라도 준비해 놓은 수의마저 없다손 치더라도 왕후장상의 묘와 맞먹는 거창한 묘역에 묻힌 재벌의 죽음도 부럽지 않았고, 만조창생의 비통 속에 치러진 영웅호걸의 죽음도 부럽지 않았다.

노인은 모처럼 낮 시간을 이용하여 콩콩이를 대동하고 장을 보러 다녔다. 콩콩이도 제법 자라 성견 티가 부쩍 났다.
녀석은 어찌나 신이 났던지 온갖 것을 다 간섭하려 들었고, 중구난방 설쳐대는 바람에 목줄을 놓치지 않으려 움켜쥔 손에 안간힘을 쓰다 보니 양손이 저릴 지경이었다.
노인은 허덕거리며 콩콩이를 따라잡기에 바빴다.
"허이고 먼 놈이 그리도 방정 맞냐? 디게 신이 났구먼. 하긴 근래 통 데리고 나온 적이 없었으니 좋긴 좋나 보구나."
노인은 수중에 지니고 있던 돈을 모두 털어 두 끼니에 충분히 먹어 치울 수 있는 양만큼의 쌀과 두루치기용 돼지고기와 양념들을 샀고, 특별히 포도주 한 병과 약간의 과일을 샀다.
하얀색 러닝셔츠와 팬티, 그리고 양말도 하나씩 샀다. 그리고 색색의 굵은 양초와 양초 받침으로 쓰기 위해 일회용 작은 접시를 각각 자신의 나이만큼의 수량대로 오십 여덟 개씩 샀다.
생일 케이크에도 생일을 맞는 사람의 나이와 같은 수만큼의 양초를 켠다던데, 하물며 그에게 있어서는 죽음의 의식에 치러질 제물인 것이다.
노인은 거의 3년 만에 사무실과 방안 구석구석 대청소를 하였으며, 자신은 물론 콩콩이까지 물을 덥혀 깨끗하게 씻겨주었다. 몇 달쨴지 내버려 둔 턱수염도 깨끗이 밀어버렸고 머리도 단정하게 빗었다.
그 정도의 일로서도 노인에겐 여간 중노동이 아니었기에 몸은 이미 파김치처럼 늘어졌고 뼈마디마다 새 부리로 쪼아대듯 쑤시고 아팠다. 하지만 마음만은 훨훨 날아갈듯 그리 좋을 수가 없었다. 마치 새 집을 얻어 새 단장하고 새 출발하는 기분이었다.
음식을 만들 땐 너무 흥에 겨워 옛날 고교 때 목청껏 부르던 가곡이 절로 쏟아져 나왔다. 아마 누가 곁에라도 있었다면 미친 늙은이 취급을 했을 것이다.
"어제 온 고깃배가…… 고향으로 간다 하기……."
너무 오랜만에 불러보는 지라 노인 스스로 감격에 겨웠다. 학교 음악 시간이 떠오르며 아이들 앞에서 뻐겨가며 불렀던 모습을 떠올렸다.
"아침 이슬 빛나는 찬란한 못 가에…… 사랑스런 안니 로리 그대 만나리라……."
한번 터진 봇물은 둑을 무너뜨리고 격렬한 풍랑을 이루어 노도같이 주변 사물들을 휩쓸어 가듯 노인은 자신의 한을 노래로써 씻어내려는 듯 거침없이 불러댔다.
"한 많은 이 세상 냉정한 세상…… 동정심 없어서 나는 몬 살겠네……. 아무렴 그렇지 그렇고 말고……."
한오백년을 부를 땐 그 심정이 너무나 절절하여 눈물을 주체할 수가 없었다. 세 번, 네 번 계속해서 거듭 불렀다.
"루루루루…… 루루루루…… 루루루루……. 지금도 기억하고 있어요, 시월에 마지막 밤을……."
가곡뿐만 아니라 뽕짝, 가요까지 왜 그리 구성지게 흘러나오는지, 콩콩이의 숨 넘어 갈듯 짖어대는 소리와 어우러져 반향 되어 되돌아오는 음향의 현란함이 자신의 귀로도 믿겨지지 않을 정도였다.
언제 이렇듯 신나게 노래를 불러봤던가.

4

노인의 생애로선 마지막이라 할 수 있는 파티가 한바탕 끝나고 포도주 한 병을 병째 벌컥 들이킨 노인은 마냥 흥겨운 기분에 잠겨 있었다. 콩콩이도 난생 처음 돼지불고기로 포식을 했던 터라 느긋한 표정을 지었다.
노인은 쉴 새 없이 콩콩이를 향해 주절거렸다. 녀석이 꼭 자식 같기도 했고 또 연인 같기도 했으며 오랫동안 알고 지내왔던 친구처럼 여겨졌다.
"이젠 흡족하냐? 세상 부러울 게 없제? 아이고 요놈의 배때기 좀 보그레이. 짜구 나것네."

노인은 눈부실 정도로 희디 흰 속옷으로 갈아입고, 그간 아껴 온 유일한 외출복이라 할 수 있는 남루한 양복을 걸쳐 입었다.
그 양복은 이십 년 전쯤 국제시장의 국제양복점에서 자그마치 30만 원을 주고 맞춰 입은 양복이었다.
그 양복을 맞춰 입을 당시만 해도 노인은 한창 잘 나갈 때였다. 매사 의욕이 넘쳐나고 무슨 일이든 자신감에 충만해 있었다.
"요즘이사 기성 양복이 오만 원이나 기껏 십만 원이면 떡을 치지만…, 그땐 맞춤 한 벌에 몇 십만 원씩 하는 양복도 한꺼번에 몇 벌씩 맞춰 입었었지. 그땐 뭔 돈이 그리 흔했는지 몰라."
노인은 콩콩이에게 양복 맞춰 입은 자랑을 큰 소리로 늘어놓았다. 양복뿐만이 아니다. 그땐 돈이 흔했기로 하고자 마음만 먹으면 못할 것이 없었다.
"니가 그때 나를 만났더라면 제법 호강했을 낀데……. 하긴 그땐 너 같은 똥개를 키우려 하지도 않았겠지. 안 그래, 요 놈의 똥깨야!"
콩콩이도 신이 났던지 노인의 손가락을 물고 입을 핥고 난리를 쳤다.
노인은 방 한 가운데에 반듯하게 요를 폈다. 그간 사용을 안 한 새 홑청을 그 위에 활짝 펴서 깔았다. 콩콩이가 홑청을 자꾸 물어뜯고 헤집는 바람에 몇 번씩 다시 고쳐 펴야 했다.
"아이고 이 노마야, 이게 뭔 지랄이고? 뗏찌! 한쪽에 가만 있어!"
어쩔 수 없이 노인은 콩콩이의 머리통을 제법 아프게끔 주먹으로 내리쳤고, 그제야 주인 눈밖에 안 나려는지 콩콩이는 다소곳해 졌다. 그리고선 아예 옷핀으로 박음질하듯 요와 홑청을 함께 꿰매었다. 그리고 얇은 홑이불을 그 위에 펼쳤다.
"꼭 신혼 초에 깔고 자는 원앙금침 같네, 그랴. 비단금침이 아니면 어떻고 오동나무 관이 아니라면 어떻겠는가. 내 한 몸 뉘일 수만 있다면 그로서 족한 것이지……."
노인은 흡족해 했다. 이불 주위로 돌아가며 제법 촘촘히 접시를 늘어놓고, 다시 접시마다 촛농을 떨어뜨려 제법 굵은 양초 하나 하나를 흔들리지 않게 세워 놓았다.
"니 임마, 이거 건딜면 맞아 죽을 각오 해. 건딜기만 하면 아주 쎄게 뗏찌해 줄 끼다."

그러면서 콩콩이를 향해 주먹을 휘둘러 보였다. 콩콩이도 알아들었는지 몸을 바닥에 납작하니 붙이고는 꼬리만 흔들어댔다.
노인은 오십 여덟 개의 양초마다 모두 불을 붙이고 나서 창문의 커튼을 빈틈없이 쳤다.
방안은 대낮처럼 훤히 밝혀졌으며, 이불을 사이에 두고 색색의 양초들마다 화사한 불꽃들이 너울거렸다.
"우와! 진짜 분위기 난다. 영락없는 영화 속의 한 장면이네."

노인은 평소 입에 술을 한 방울도 대지 못했던 터라 어느새 찔끔찔끔 마셔 댄 포도주로 취기가 올라 어지럼증이 왔다. 포도주 한 병에 얼굴이 불콰해지고 심장이 벌컥거렸으며, 무엇보다 졸음이 와서 견딜 재간이 없었다.
노인은 뼁 돌아가며 수많은 촛불로 둘러싸인 이불 속으로 기어들어 갔다. 콩콩이도 잽싸게 노인을 따라 이불속으로 몸을 숨겼다. 이제 눈을 감으면 그대로 저 세상으로 훨 날아가 버렸으면 좋겠다는 생각을 했다.
처음엔 콩콩이를 누구한테든 맡기려 했다. 마땅히 키워 줄만한 사람도 떠올리지 못 했지만, 똥오줌도 못 가리고 제멋대로 자란 개라 누구라도 키우기가 쉽지 않으리란 생각이 들었다.
게다가 혼자 내버려 두면 길거리를 헤매다가 결국엔 굶어 죽거나 차에 치여 죽을 것이란 생각과 어쩌면 누군가에게 잡혀 멍멍탕 신세를 못 면하리란 불길한 생각이 들었다.
그럴 바엔 자신의 죽음 길에 동반자로 데려가리라 마음을 굳힌 것이다. 비록 철딱서니 없는 개일망정 콩콩이가 곁에서 자신의 죽음을 지켜 준다고 생각하니 적잖은 위로가 되었다.

'편안한 죽음, 그래 편안한 죽음을 맞고 있구나.'
노인의 입가엔 만족한 웃음이 번졌다. 신기하게 온몸을 들고 쑤셔대는 듯한 통증도 느껴지지 않았다.
상처 부위를 손바닥으로 어루만져 보면 몇 겹의 피부 허물이 상처로부터 배어나온 진물에 절어 꾸둑꾸둑한 갑피 같은 감각도 느껴지고, 조금이라도 압박하듯 눌러 보면 뜨끔거리는 것이 분명 상처도 살아 있음에랴.
고통이란 놈도 인정머리는 있어 행여 마지막 길이라고 봐주는 듯했다.
이불 속에 드르누우니 잠은 저만큼 달아나 버리는 대신, 지나간 날들이 파노라마로 재생되어 화려하게 눈앞에 펼쳐졌다.

노인은 경남 밀양 일대에선 몇 만석지기로 제법 떵떵거리던 한 토호土豪 집안에서 태어났다.
그러나 그가 일곱 살이 되기도 전에 마음이 여리고 귀가 얇았던 그의 부친이 멋 모르고 뛰어들었던 양곡과 시멘트사업에서 연거푸 친구의 꾐에 빠져 조상대대로 물려 온 그 많던 가산을 일거에 사기 당하고 끝내 패가망신한 것이다.
부친은 그때의 충격에서 헤어 나오지 못하고 얼마후 인근 야산에서 목 매달아 죽은 시체로 발견되었다. 모친 또한 그 일이 있고부터 한 땐 실성한 듯 보이더니 이후 반년도 지나지 않아 그를 버리고 떠났다. 훗날 우연찮게 들린 소문에 의하면 과거에 부리던 훨씬 연하의 젊은 하인과 배가 맞아 도망쳤다고 했다. 따라서 그에겐 부모에 대한 애틋한 기억이 남아있을 리 없었다.
그가 중학교를 졸업할 즈음 조부마저 사망하자 그동안 마음 고생이

심했던 조모는 대대로 살아왔던 고향을 등지기로 결심하곤, 그를 데리고 부산으로 이사를 하였다.
그는 어려운 형편 속에서도 조모의 헌신적 보살핌으로 부산상고를 졸업하였고, 그해 10월에 새로 설립된 부산은행 제1기 사원으로 취직할 수 있었다.
"니는 세상에 니 하나밖엔 없다 여기그라. 세상엔 믿을게 하나뚜 없단 말이다. 칭구고 친척이고 다 기회만 있음 등쳐 먹으려 할 낀데, 절대로 믿을 게 몬 된단 말이지."
"할매는 괜한 걱정만 해쌌네. 그럴 바엔 산속에 들어가 혼자 사는 게 낫겠다."
친구를 유난히 좋아하던 그에게 조모가 걸핏하면 들려주던 얘기였다. 그런 조모가 때론 야속하게 여겨지기도 했고, 때론 괜한 걱정에 사로잡혀 사는 사람처럼 마냥 우습게 보이기까지 했다.
자그마한 키에 땅땅한 몸집의 조모는 그를 키우기까지 무슨 일이라도 마다하지 않는 억척같은 기질을 보였다. 어쩌면 그녀가 살아가야 할 유일한 이유가 그 때문일 것이다.
조모는 자갈치시장 입구에서 생선 노점상하여 모은 돈으로 그가 부산상고 2학년에 올라갈 즈음 보수동 검정다리 인근에 방 세 개짜리 왜식 주택을 손자 명의로 장만해두었다.
그리고 손바닥만 한 대문 한쪽 기둥에 '徐正一'이라고 손자 이름을 한자로 새긴 문패까지 걸어놓고, 아침저녁 살펴보는 것이 그녀에게 있어 일종의 낙이었다.

그가 부산은행에 입사하고 얼마후부터 조모는 그에게 장가 가기를 종용했다. 그때 이미 조모의 나이는 일흔을 넘기고 있었다.

"니도 이젠 장가 갈 준비를 해야 굿제? 핵교도 졸업했고, 또 좋은 직장에도 들어갔고……. 더 바랄 게 머가 있갔니?"
"할매요. 남살스럽게 뭔 장가요. 요새 스물에 장가 가는 놈이 어딧소? 그런 얘기는 끄내 덜 마소."
"아이고 이 노마야. 니 먼 소릴 해쌌노? 남자가 나이 스물이면 장가 갈 나이도 됐제. 그라고 니가 남과 어찌 같단 말이고, 니가 애비가 있나 에미가 있나 그렇다고 형아가 있나 누부가 있나?"
"할매가 먼 소리하던 나는 서른 전엔 절대로 장가 안 가요."
"아이고 저런 썩을 놈을 봤나?"
조모는 그의 의사와는 아랑곳 않고 일주일이 멀다며 선 보라고 종용했다. 여자들 사진도 수시로 그의 코앞에 들이대었다.
그렇게 해서 마지못해 선을 여러 번 봤는데, 하나같이 덩치가 크거나 인물이 볼품없어 거절하기에 바빴다.
"니, 머가 그리 몬 마땅하노? 다들 이쁘기만 하더만……."
"할매요. 다들 이쁘요. 단지 아직 장가 갈 맴이 엄써 그렇지."
"이 노마야, 집안에 식구들이 들끓어야 사람 사는 거 같제. 또 니도 젊은 샥시가 끓여주는 밥을 묵어야 힘 쓸 거 아녀?"

결국 조모는 그토록 애타게 고대하던 증손주는커녕 손자며느리도 못 보고 눈을 감았다.
그리고 그는 한동안 식욕을 잃을 정도로 깊은 후회와 홀로된 절망감에 사로잡혀 지냈다. 그 역시 조모에게 손자며느리의 수발을 들게 하고, 증손주도 품에 안겨주고 싶었다.
정정하기로는 10년 이상 더 버텨낼 것만 같았던 조모였기에 설마 그렇게 빨리 돌아가실 줄 몰랐던 것이다.

조모는 죽을 때 그에게 집 한 채 외에도 1억2천만 원이나 되는 큰 금액을 통장으로 남겨주었다. 그 돈이면 부산시내 대로변에 위치한 번듯한 2층짜리 건물도 살 수 있을 만큼 그로서는 예상치 못한 거액이었다.

학교 다닐 땐 조모로부터 매달 한 번씩 정기적으로 받는 빠듯한 용돈으로 만족해야 했고, 은행에 취직하고부터는 월급을 또박또박 갖다 바쳐도 용돈만큼은 정해진 금액 외에 더 기대하기를 어림 반 푼어치도 없었다.

그래서 돈 때문에 조모랑 티격태격 다투는 일도 많았지만, 그렇다고 억척스럽기만 한 조모와는 도저히 싸워 이길 재간이 없었다.

그리고 조모는 수중에 돈이 있는 내색을 좀처럼 하지 않았다. 오히려 가끔은 '우리 손자 놈한테 5백만 원이라도 냄기고 죽어얄 낀데……'란 말로 자신의 수중에 기껏해야 몇 백 만원도 없음을 밝히곤 하여, 그도 자신의 조모가 그리 큰돈을 남기리라곤 상상도 못했었다.

허구한 날, '치약 애껴 써라, 화장지 애껴 써라, 물 한 방울이라도 애껴 써라'는 둥 그 '애껴 쓰라'는 말을 하루에도 몇 차례씩 그야말로 지겹도록 들려주었다.

밥을 먹을 때에도 밥 한 톨 남기면 안 되고, 생선을 먹어도 남은 가시에 살점 하나 붙어있으면 불호령이었다. 그래선지 근검절약이 그에게도 자연스레 배게 되었다.

그가 스물아홉 살이 되던 1976년 6월경이었다. 그는 9년 가까이 근무해 왔던 부산은행을 그만두었다.

당시 그는 본점 자재 구매과에 근무하면서 주로 인쇄물과 관련된 구매를 맡아왔는데, 그때 통장을 납품해 오던 40대 초반의 유신인쇄 '김덕배' 사장과 가까이 알게 되면서 인쇄 사업에 관심을 갖게 되었던 것이다.

"부산은 아직 인쇄 불모지라요. 인쇄 물량은 늘어 가는데 인쇄업체는 모두 영세해서 시설 투자를 제대로 몬 하고 있어요. 시설만 제대로 갖추면 돈 버는 건 우습죠. 눈 먼 돈이 그리 많다니까요."

김 씨의 그런 꼬드김 때문만이 아니라 더 이상 은행에 있기가 싫어졌다. 대학 졸업한 후배들이 오히려 그보다도 더 높은 직책에 앉기 시작한 이래로 왠지 은행에 더 오래 눌러있어 봐야 더 이상의 발전도 없을 듯싶은 것이다.

물론 당시엔 은행원의 신분이 어느 직장보다 더 보장되어 있고 대우도 좋아 선망의 대상이었지만, 그대로 만족할 수가 없었던 것이다.

그래서 김 씨의 안내로 인쇄소들을 견학도 해 보고 나름대로 인쇄 분야에 대해 분석도 해 봤다.

그가 둘러 본 인쇄소들의 환경이나 시설은 상당히 열악했다. 일 하는 직공들도 너덜거리고 기름 때에 절어있는 작업복에 몰골이 형편없었다. 그러나 그가 지켜본 인쇄 공정들은 한결같이 신기할 뿐이었다.

납 활자 하나하나를 조합하여 문서 틀을 짜고 그것을 인쇄기에 걸어 한장 한장 철거덕거리며 인쇄되어 나오는 것이 마냥 신기했다.

어느 시커멓고 거대한 기계에서는 종이를 산더미처럼 쌓아놓고, 그 옆에 사람 하나가 서서 종이 한 장씩 기계적으로 밀어 넣는 것을 지켜봤다. 기계 롤러가 한번 휘돌아 갈 때마다 종이 한 장을 밀어 넣고, 반대편 쪽에선 인쇄된 종이가 한 장씩 쌓이는 것이었다.

"이 기계가요, 이래 뵈도 30년 된 기계라요. 박스 찍는 덴 이만한 기계도 없지요. 그렇지만 정밀한 인쇄는 하이델이나 로랜드라야 해요."
김 씨는 공정 하나 하나를 세세히 설명해 주었다.
"하이델 플라톤 하나만 있어도 돈 버는 건 우수불 낀데……. 어찌나 정밀한 지 핀트 하난 기막히게 맞나 보데요."

그렇게 해서 그는 김 씨와 동업을 맺기로 하고, 그가 줄기차게 권해 왔던 독일제 4절 단색기인 하이델베르크 플라톤 인쇄 기계를 1천8백만 원에 구입했다.
용두산공원 입구에 있던 합동인쇄소에서 6년인가 사용해 왔으며, 네임플레이트를 보니 1956년도에 제작된 것으로 이미 20년 넘게 사용된 낡은 기계였다.
인쇄소 상호를 '동인인쇄사同仁印刷社'로 짓고 그가 사장을, 김 씨가 전무를 맡았으며 모든 권리와 이익에 있어 동등하게 행사하고 나누는 동업 조건으로 사업을 시작했다.
그러나 김 씨와의 동업 관계도 1년을 넘기지 못하고 깨어졌다.
그가 저보다 나이도 어린 데다 인쇄 물정을 모른다 하여 김 씨는 수금한 돈을 입금하지 않고 제멋대로 갖다 썼으며, 인쇄 기계도 걸핏하면 고장이나 그때마다 적잖은 수리비를 감당해야 했다.
결국 그는 인쇄소의 경영 부실로 인쇄 기계도 날렸고, 그간 인쇄소 운영비다 뭐다 하여 대책 없이 쏟아 부은 탓에 2천만 원이 넘는 돈까지 탕진했던 것이다.
고작 돈 몇 푼 빼 쓰기 위해 그에게 사기쳐 가며 큰 손해를 입혔음에도 김 씨는 그에게 계약 파기의 책임을 물어 고소고발까지 해왔으니, 그런 적반하장격인 김 씨가 그로서는 황당할 수밖에 없었다.

물론 경찰서다 법원이다 연신 불려 다니기까지 그 피곤함은 말할 것도 없었다.
"천만 원만 내 놓으면 고소고발을 취하할 것인께……."
"이보소. 공금 횡령으로 당신을 고발해야 할 사람은 오히려 나요."
고소든 고발이든 근거 없음으로 무산되었음에도 김 씨는 '이용 당했다'며 온갖 데 돌아다니며 악 소문을 퍼뜨리고 돌아다녔다. 죽을 때까지 결코 철들 사람이 아니었다.

그리고 몇 달 후엔 일제 모리자와 사진식자기 두 대를 대당 1천6백여 만 원씩 주고 수입해 왔다.
오프셋 인쇄기들이 늘어나면서 종래의 활판 인쇄방식에서 사진판 인쇄방식으로 전환되고 있어 활자 편집도 납 활자에서 사진식자로 바뀌기 때문에 사업성이 좋을 것이란 일성출판사 '조상현' 부장의 권유 때문이었다.
그가 보기에도 납 활자란 낱말 하나 하나를 일일이 주조하고 조합하여 그 문서 틀을 보관하는 데에도 엄청난 공간을 필요로 하고, 관리하는 데에도 문제점이 많아 보였다.
반면에 사진식자기는 책상만한 공간만 차지하고 그 문자 틀이란 것 또한 손바닥만 한 것 몇 십 장만 보관하면 되기에 관리하기도 편할 것 같았다. 뿐만 아니라 활자의 인쇄 선명도도 납 활자와는 비교가 안 될 정도로 훨씬 좋아 보였다.
그렇게 해서 '광명사진식자사'란 상호를 내걸고 본격적으로 문화사업에 뛰어들었던 것이다.
그리고 얼마후엔 직접 출판까지 손대기 위해 조 씨를 사장으로 영입하여 '비룡출판사'를 차렸다.

사진식자업이란 인쇄 관련업체들의 하청이 위주였으며, 대부분의 인쇄 업체들이 영세하여 수금 또한 제대로 될 리 없었다.
특히 인쇄도안印刷圖案을 위주로 하는 기획실들과의 거래가 많았는데, 그 기획실이란 것들이 조그만 사무실에 책상만 몇 개 갖다 놓고 하는 형편이라 몇 개월씩 외상을 달아 놓고 어느 날 갑자기 문을 닫아버려 걸핏하면 미수금을 떼어먹히기 일쑤였던 것이다.
남는 것은 없다 치더라도 기계 감가삼각비는커녕 거듭되는 운영비 적자로 시간이 흐를수록 손해의 폭도 커졌으나, 그렇다고 쉽사리 빼도 박도 못할 그야말로 어중쩡한 처지에 놓이게 되었다.

당시 부산 지역엔 국제상사며 진양고무며 태화고무며 등등의 호황을 누리던 신발 공장들이 제법 많았다.
마침 부산은행 본점 기업자금 대출심사역을 맡고 있던 '허성기' 과장과는 입사 동기로 친분이 두터웠던 터라, 규모가 큰 신발공장 몇 군데 일을 연결해 주겠다는 언질도 있고 해서 이왕 내킨 김에 본격적으로 인쇄업에 뛰어들기로 작정했다.
그래서 여태껏 살아왔던 보수동 집과 그 옆집까지 구입해서 헐어내고, 대지 82평에 연건평 146평의 2층 슬래브 건물을 지었다. 큰 인쇄 기계의 하중이나 진동을 견딜만한 마땅한 건물이 없었기 때문이다.
1층에는 서울 광명인쇄소에서 사용했던 롤랜드 대국전 2색기 한 대와 중고 2절 가젤 톰슨기 한 대, 그리고 대구중공업에서 제작된 대국전 톰슨기 한 대를 들여왔다.
그리고 2층에는 사무실과 사진식자실, 사진제판실을 갖췄다. 인쇄소 상호는 고심 끝에 '광명지기종합인쇄사'로 지었다.

그렇게 시작된 인쇄지기 사업은 큰 신발공장들을 상대로 직접 거래한 때문인지 예상외로 순조로웠다. 인쇄 물량도 점차 증가했고 자금도 원활하게 잘 돌았다.

1979년 9월 어느 날인가, 이른 저녁에 허 과장이 젊은 여자 하나를 데리고 그의 사무실로 찾아왔다.
그땐 허 과장이야말로 그에게 있어 든든한 후견인이자 가장 믿을 만한 친구였다. 따라서 아무리 바빠도 그에게만큼은 시간을 내야 했다.
"안 바쁘면 술이나 한 잔 사지?"
"응······."
첫눈에도 그녀가 꽤나 늘씬하고 미모 또한 눈부시다는 걸 느꼈다. 온몸의 세포 하나 하나가 발기할 정도로 짜릿한 긴장감을 느꼈으나 짐짓 그녀에게는 관심이 없다는 듯 생경하게 책상 위의 서류들만 들척였다.
"바쁜가 보네."
"바쁘기야 무쟈게 바쁘지······. 그렇지만 아무리 바빠도 자네한테까지 바쁘다 말 할 수야 있겠나. 내가 아무리 바쁘다 한들 자넨 도무지 믿으려들지 않을 테니까."
"맞아, 자넨 늘 바쁜 척 했지. 참, 서로 인사들 나누지. 이 친구는 나랑 부산은행 입사 동기지. 지금은 재벌 부럽잖은 큰 사업가지만······."
"재벌은 뭘······, 그런데 돈이 어찌나 잘 벌리는 지 어쩜 곧 재벌이 될 것 같은 예감도 드네. 히힛! 이건 농담이고······. 저 서정일이라 합니다. 잘 봐 주세요."

"예, 전 유진주라 합니다."
목소리까지도 옥구슬 굴러가는 듯 맑고 청아하게 들렸다.
"유진주 씬, 본점에서 나랑 같이 근무하는 직원이라……, 어때 대단한 미모시지?"
"예, 진짜 대단한 미모십니다. 눈이 부실 정도로……."
괜히 부추기는 허 과장의 얘기가 아니더라도 실제 그녀는 보기 드문 미인이었다.
"멀쩡한 사람 앞에 놓고 놀리려 들지 마세요."

일식집에서 저녁식사 겸 간단히 술 한 잔 나누는 동안, 그녀는 그와 마주한 허 과장 곁에 다소곳이 앉아 그들이 나누는 사업 얘기만 경청했기에 그녀와는 몇 마디 주고받지도 못하고 헤어졌다.
탤런트나 모델을 뺨칠만한 빼어난 미모였고, 간혹 가다 생글생글 웃는 모습은 그의 넋을 송두리째 빼앗기에 충분했다.
다음날은 그녀에 대한 궁금증으로 몇 번인가 허 과장에게 전화를 걸려했으나 속을 뻔히 드러내는 일이라 여기고 들었던 수화기를 번번이 내려놓아야 했다.
아니나 다를까, 기대했던 바 저녁 무렵 허 과장이 다시 찾아왔다. 허 과장이 그때만큼 기다려졌고 또한 반갑기론 처음인 듯했다.
"아니, 이 사람아 오면 온다고 미리 전화나 하지 그래."
"전화는 뭐 하러 해. 도망 가 봐야 이 부처님 손바닥 안이지."
"자네가 부처님이고, 그럼 내가 자네 손바닥 안에서 노는 손오공이란 말이지?"
"자넨 영원히 내 손바닥에서 헤어 나오긴 어려울 걸?"
"그래 난 자네의 영원한 손오공이라 치고……. 뭔 일로 또 행차하셨어?"
"어때? 어제 그 아가씨 말야."
"괜찮던데."
"얌마! 괜찮은 정도가 아니라 침 흘릴만하지 않아? 엉뚱한 놈이 낚아채 가기 전에 푸딱 챙기그라."
"정말 침 흘릴만한 미인이더구먼."
"그래, 그 침 흘릴만한 미인이 네게 관심이 있나 보더라. 그러니 그 아가씨가 맘에 들면 아예 이참에 장가 가그라. 알긋나?"
허 과장은 편지봉투 하나를 불쑥 내밀었다. 봉투 안에는 그녀의 이력서와 주민등록등본 복사본이 한 장씩 들어있었다.
"우리 부산은행 여직원 가운데서는 제일 돋보이는 인물일 끼다. 집은 진주인데 혼자 부산에서 자취하는 갑더라. 그리고 부산대학 경영학과를 우수한 성적으로 졸업했고……. 아따 그러고 보니 가방 끈은 니 보담 더 기네? 나머진 이 서류를 보면 대충 알 수는 있을 끼고……. 참! 아버지가 냉동공장인가 해서 집도 제법 잘 사는 갑더라."
"고마워. 잘 성사되면 양복 한 벌 맞춰 주지."
"어쭈? 짜슥……. 쩨쩨하게스리 기껏 양복 한 벌? 양복 한 벌론 택도 엄따. 하와이 관광이나 함 시켜주라. 참, 니네 신혼여행 갈 때 우리 부부도 함께 하와이로 가면 쓰것네. 돈은 니가 다 부담하는 조건으로 말이다."

세상 일이란 참 묘한 것이다. 특히 남녀 간의 애정 문제는 더욱 그러하다.
당장은 결혼할 생각을 갖고 있지 않던 그도 유진주를 보는 순간부터

첫눈에 반해서 그녀를 놓치고 싶지 않은 생각이 든 것이다.
그동안 거래처에 근무하던 여자들 가운데에서 혹은 데리고 있던 여직원들 가운데에서 관심을 갖게 하거나 괜찮다 싶은 느낌을 갖게 한 여자들이 더러 있었지만, 그렇다고 결혼까지 생각하게 했던 여자는 없었다.
어쨌든 그녀에게 마음을 모두 뺏긴 그와 그녀와의 결혼은 일사천리로 이루어졌다.
만난 지 불과 3개월만인 1979년 12월 크리스마스 이브 날 해운대 조선비치호텔 중국관에서 약혼식이 치러졌고, 다시 2개월 후인 1980년 2월 22일엔 진주 대동관광호텔에서 결혼식이 치러졌다.
그리고 같은 해 10월엔 아들 '규만'이가, 1982년 3월엔 딸 '애련'이가 태어났다. 사업도 날로 번창하여 한동안은 세상이 온통 자기편인 것으로 착각될 지경이었다.

1988년 서울올림픽을 계기로 인쇄기계 수입이 전면 자유화되었다.
일제 미쯔비시, 아키야마, 고모리 등과 독일제 하이델, 롤랜드, 그리고 이탈리아계 네비오르 등의 인쇄기 판매상들이 그의 사무실을 줄곧 드나들었다.
그렇게 해서 1991년 2월경에 미쯔비시 대국전 4색기와 대국전 양면 2색기를 동시에 8억4천여 만 원에 들여왔다. 그로써 부산권에서는 첫손에 꼽힐만한 첨단시설을 갖춘 셈이었다.
그리고 스웨덴제 오롤라 대국전 전자동 톰슨기 1대를 2억3천여 만 원에 도입했다.
그런데 '까마귀 날자 배 떨어진다'고, 그때부터 부산권의 주종 산업인 신발 산업에 극심한 불황이 불어닥쳤다.

나이키, 아디다스, 리복 등 세계적 유명브랜드의 오더가 저임금의 중국으로 대거 이탈됨으로써 부산의 신발 공장들이 줄줄이 도산되는 사태를 맞게 된 것이다.
그때부터 자금 압박을 받게 된 그는 처가의 도움을 여러 차례 받게 되었고, 급기야 그의 손아래 동서 '최기정'이란 자가 자청하여 그의 사업을 돕겠다고 나섰기에 아무런 의심도 품지 않고 사업 파트너로 끌어들이게 되었다.
당시에 최가는 의정부에서 '쉘부르'라는 카페를 운영해 오던 사람으로 없어도 대단히 있는 척 해왔던 사람이다.
1992년 9월경, 최가는 그에게 자금과 관련한 권한 일체를 자신에게 위임해 줄 것을 당당하게 요구해 왔다.
그때까지만 해도 그는 최가의 실체를 정확하게 알 수는 없었지만, 한편으론 처가에서 최가를 통해 은밀히 도움을 주려했던 것으로 받아들일 수밖에 없었다. 왜냐하면 그의 처 또한 '최가를 믿고, 그가 하자는 대로 따라하는 게 좋을 것 같다'라고 했기에 최가에게 당좌와 인감 등을 맡길 수 있었다.
'그래도 지가 명색이 손아래동서인데, 설마 손위동서인 나를 망하도록 할 리야 있겠는가.'
조모가 살아생전 귀에 따가리 앉도록 일러주었던 '세상에 믿을 놈 하나도 없다'란 얘기는 새까맣게 잊고, 동서지간이란 것도 따지고 보면 남이 아니라는 것만을 믿었던 것이다.
이후 최가는 무턱대고 자신을 믿고 모든 것을 맡긴 그를 만만하고 어리석게 봐선지 운영권을 넘겨받은 것만으로는 만족하지 않고, 끝내 '일거리나 물어오라'며 그를 회사 밖으로 쫓아냈다.
그리고는 결국 20억 원이 넘는 거액의 자금을 빼돌리고 불과 10개월도 못 가 1993년 7월말 고의적으로 부도를 낸 것이다.
최가가 회사를 개차반으로 만들어 놓고 떠나버린 뒤, 그는 최가가 미처 손대지 못한 남은 재산과 채권 등을 정리하여 부도를 수습하고, 남은 채무를 변제하기까지는 6년 여의 세월을 뼈 빠지게 고생하고 나서야 가능했던 것이다.
그리고 위자료나 애들 양육비도 필요 없으니 이혼만 해달라는 유진주와의 합의 이혼도 사업적으로 한창 어려울 때 이뤄졌다.
아마 최가를 사기, 횡령, 절도 등으로 고발하고 이후 처남의 위증을 고발한데 대한 처가집의 냉담과 자신이 처갓집을 멀리하고 찾지 않는 데서 오는 미움 때문에 처가집의 회유로 이혼을 요구하였으리라 추측되었다.

'그래, 인생이란 다 지나고 보면 한 폭의 주마등같은 것이다. 그동안 열심히 쫓아다니고 쫓겨 다니고, 결국 지나 보면 그 모든 것이 메아리조차 남지 않는 혼자 웅얼거리다 만 독백과도 같은 것이다. 대단타 여겨지는 것들조차 알고 보면 전혀 쓰잘 데 없는 것들뿐이니, 다람쥐가 제 아무리 열심히 뛰어봐야 결국 지켜보는 이의 눈에는 쳇바퀴 도는 것밖에 더 되겠는가.'
노인은 자신을 떠나간 아내와 두 아이들을 떠올렸다. 눈시울이 붉어지며 가슴이 아려왔다.
'그래, 내가 남편으로써 아버지로써 해 준 게 없다만, 부디 나를 원망하지는 말아다오.'
"이래도 한 세상, 저래도 한 세상이라……. 누가 이딴 소리를 지껄였는지 모르겠지만 참 기막히게 맞는 말이다. 아무렴 그렇지 그렇구 말구……."

한 많은 이 세상 냉정한 세상
정을 두고 몸만 가니 눈물이 나네
아무렴 그렇지 그렇구 말구
한오백년 살자는데 웬 성화요
청춘에 짓밟힌 애 끓는 사랑
눈물을 흘리며 어데로 가네
아무렴 그렇지 그렇구 말구
한오백년 살자는데 웬 성화요.

이부자리 속에 단정하게 드르누운 노인의 양 눈 가엔 언제부터인지 촉촉한 눈물이 계속 번져내리고 있었다.

5

그렇게 하루 밤이 지났다.
물론 노인은 밤인지 낮인지 분간할 수 없었다. 느낌으로 그렇다는 것이다.
노인은 지난 밤을 미동도 않고 반듯하게 누워 흘려 보냈다. 문득 이상하다는 생각이 들었다. 간밤을 분명 감은 눈으로 지새웠음직한데, 머릿속은 온통 하얀색 일색이었다.

어쩌면 너무 많은 영상들이 어지럽게 혼합되고 색색의 파편들이 더욱 잘게 파쇄되어 검은 색이 흰 색으로 도치되는 현상이탈일 지 모른다는 생각이 들었다.

노인의 얼굴이며 입이며 마구 핥아대던 콩콩이가 짖기도 하고 귀를 깨물기도 하는 것으로 보아 먹을 것을 달라 보채는 듯했다. 그래도 노인은 여전히 죽은 듯이 누워 꼼짝도 않았다.

실내가 너무 건조한 지 콧속이 말라붙었음을 느꼈지만 촛불 때문이란 생각을 했다. 감긴 눈꺼풀을 통해 빛이 느껴졌다. 아마 아직까지 촛불이 타고 있을 것이란 생각이 들었다.

그렇게 또 얼마의 시간이 흘렀는지 모른다.

콩콩이도 간헐적으로 먹을 것을 달라고 칭얼댔지만, 죽은 듯 미동 않고 누워있는 그를 쉽게 단념하고는 제 풀에 지쳐 이불 속에 파고 들어 잠을 청하는 눈치였다.

다시 밤이 찾아왔다.

노인은 여전히 누워있었고 콩콩이도 가끔은 낑낑대다가 방안구석을 이리저리 뒤지거나 갉아대는 소리를 내며 부산을 떨더니 이내 잠잠해졌다.

흔히들 당뇨를 앓고 있는 사람은 유난히 갈증을 느껴 물을 많이 마시게 되고 따라서 소변양도 많다고 했다.

그런데 노인은 반대로 물은 적게 먹히고 소변양도 상대적으로 적었다. 어느 땐 이틀에 한번 소변을 볼 때도 있었는데 그때 소변은 한약 엑기스처럼 걸쭉하며 색깔 또한 진갈색을 띠는 것이다. 그리고 간혹 핏빛을 띠며 뿌연 이물질이 섞여 나오기도 했다.

잠자리에 들기 전에 대소변 할 것 없이 용을 써서 쥐어짜듯 억지로라도 봤기에 삼사 일은 충분히 버틸 수 있으리란 확신도 있었다. 그런데 노인은 하루밖에 지나지 않았음에도 심한 갈증을 느끼기 시작했다. 그리고 서서히 소변이 마렵기 시작했다.
그러나 참고 또 참았다. 이대로 꼼짝 않고 누운 채로 잠자듯이 죽어야한다는 다짐 때문에 끝까지 버텨보기로 했다.
더부룩하게 부풀어 오른 복부가 방광을 더욱 압박해서인지 묵직한 통증이 지속되었다. 진통을 느끼고 막 출산하려 하는 여인네의 생리적 현상도 이러할까?
허벅지 아래로는 도무지 감각이 없고 등짝에서 허리를 거쳐 꼬리뼈에 이르는 부분은 척추 마디마다 맞물린 제 고리를 이탈하여 제각기 수평으로 주저앉은 듯 무겁게 느껴졌고 간헐적인 통증이 지속되었다.

'얼마나 시간이 지났을까?'
이제 빛도 감지되지 않는 것으로 보아 촛불이 모두 꺼진 것 같았다. 제법 굵은 양초였다.
'양초가 다 탈 때까지 몇 시간이나 걸렸을까? 열 시간? 열 시간은 더 버틸 것 같다. 그렇다면 열다섯 시간?'
똑같은 굵기와 똑같은 길이의 양초라도 다 탈 때까지 소요되는 시간은 같을 수 없을 것이란 생각이 들었다.
심지가 꼿꼿하게 잘 박힌 놈하고 삐딱하게 박힌 놈하고 분명 타는 속도가 다를 것이란 생각이 들었다. 어쨌든 양초는 모두 꺼진 것이 분명하다는 생각이 들었다.
방광이 터질 듯한 팽만감과 쩌릿한 통증도 점점 심해졌다. 잠자듯이 죽을 팔자가 아니란 불안감이 생겼다.
'일어나서 시원한 물로 갈증을 해소하고 또 시원스레 오줌을 깔기고 다시 누워 죽음을 맞을 것인가? 아니면 갈증은 참을 만하니 계속 참기로 하고 그냥 누운 채 이불 속에다 오줌만 싸버릴 것인가?'
온갖 궁리가 꼬리에 꼬리를 물었다.
노인은 낭패스러웠다. 그런 사소한 일들로 차질을 빚게 되리라곤 예상도 못했기 때문이다.
'갈증을 참을 수 없다면? 소변이나 대변을 참을 수가 없다면?'이러다간 배고픔도 못 참고 일어나야 될 판이니, 결국 이런 구실 저런 구실로 누워있지 못하고 일어나야 된다면 애초의 계획이 무산되는 결과밖에 더 남겠는가.'
노인은 자신의 나약함에 치를 떨었다.
도저히 소변을 참을 수가 없겠기에 노인은 누운 채로 오줌을 쌌다. 그깟 일로 죽음을 포기할 수는 없었다. 오줌줄기가 마치 칼날을 그어대듯 요도를 훑고 지나갔다. 오줌은 한참동안 사타구니를 뜨겁게 달구며 엉덩이로 흘러내렸다. 그리고 잠시후, 콩콩이의 쩝쩝거리며 오줌을 핥는 소리가 들려왔다.
노인은 시원스레 배설을 하고는 깊은 잠에 빠져 들어갔다.

'아이얏!'
노인은 하마터면 큰 소리를 지를 뻔했다. 콩콩이가 갑자기 아랫입술을 물어뜯는 바람에 너무 아파서 잠에서 깬 것이다.
'아이고 제기랄! 이래가지고서야 어찌 죽겠노?'
콩콩이는 연신 노인의 손가락이든 얼굴이든 가리지 않고 핥거나 깨물며 낑낑댔다.
'엄청 배가 고픈가 보다, 불쌍한 놈 같으니……. 주인 잘 못 만나 니가 먼 고생이냐? 제대로 먹지도 못 하고……, 근데…… 이젠 네게

줄 게 아무 것도 없으니 어쩜 좋지?'
노인은 더 이상 미동도 않고 계속 누워 지냈다.
밤낮의 구분도 없어지고 시간이 얼마나 흘러갔는지 가늠조차 되지 않았다. 그냥 쏟아지는 졸음에 마냥 잠 속으로 빠져 들어갔다.
콩콩이는 더 이상 굶주림을 참을 수 없었던지 처음엔 썩어 들어간 살점들을 뜯기 시작했다.
그때까진 아무런 감각이 없었으나 아직 감각이 멀쩡하게 살아있는 상처부위를 물어뜯을 땐 까무러치지 않을 수 없었다. 그 고통이 너무 심해 몇 번인가 개를 쫓아내려 했으나, 굶주림과 한번 인육을 맛본 개라 좀처럼 물러서려 하지 않았다.
"아이고, 나 죽네!"
비명 소리가 저절로 나왔다. 그리고 자지러질 듯한 고통을 이기지 못하고 까무러쳤다 깨어나기를 수없이 되풀이했다.
미리 예상 못했던 바 아니었지만, 그 고통이 너무 심하다 보니 그때마다 후회하고 또 후회해도 이미 사지가 뻣뻣하니 말을 듣지 않았다.
그러한 뼈 속까지 파고드는 고통의 순간을 수도 없이 겪고 나니, 어느 순간부터는 거짓말같이 말짱해 졌다. 아프기는커녕 콩콩이가 물어뜯는 고통이 은근한 쾌감처럼 느껴지기도 했다.
'그래, 이 썩고 아무 짝에도 못 쓸 고기라도 배불리 먹어 봐라.'
점차 의식이 가물거렸다. 그리고 입가에 미소가 배어 나왔다. 너무나 아름답고 황홀한 꿈을 꾸고 있는 듯이…….

노인은 마침내 숨을 거두었다.
아주 홀가분하다는 듯한 표정으로…….

6

2006년 새해로 접어든지 얼마 안 된 어느 날 오후, 노인의 사무실 문을 요란스레 두드리는 사람들이 있었다.
"안에 아무도 없어요? 문 좀 열어 보이소."
건물 주인 박 씨의 목소리였다. 거칠게 두드리던 소란이 잠시 멎었다.
"며칠 전에도 열쇠집 사람 불러 문을 따려 해도 이 문이 독일제 특수 키라 딸 수가 없다 카더군요. 뭐 훔쳐 갈 물건들이 그리 많다고 특수 키까지 설치했을까? 문을 뜯어내야 될 낍니다."
"그럼 뜯어냅시다, 그려."
"그럼 열쇠집 사람 다시 부를까요?"
"아무래도 그리해야 쓰것지요. 푸딱 불러 보이소. 그나저나 이 사무실에 아무도 없는 게 확실해요? 괜히 문짝 뜯어냈다간 변상해 주기 십상인 거 잘 알지요?"
"예, 벌써 석 달 가까이 기척이 없던데 혹 알아요? 이 안에서 죽어 자빠져 있는지······."

한동안 절단기의 굉음이 진동했다.

독일제 특수 록으로 이중 삼중 잠겨있는 두꺼운 철문은 절단하고서야 문을 열 수가 있었다.
박 씨와 함께 두 명의 정복 경찰관이 사무실 안으로 들어섰다.
열 평 남짓 사무실 공간은 비교적 정돈이 잘되어 있었다. 유행이 지난 투박해 뵈는 낡은 6인용 탁자가 가운데 놓여있고, 벽 쪽에 붙어 있는 두 개의 책장에는 책들이 빼곡하게 들어차 있었다.
"주인이 뭐 하던 사람이래요?"
"전엔 무슨 출판산가를 했었다던데, 망하고 난 뒤로 무슨 글을 써서 먹고 산다 카데요."
"그럼 글 쓰는 사람이구먼요."
"그런 셈인가요?"
"아무도 없구먼요."
주인은 안쪽에 나 있는 문을 가리켰다.
"저기……, 저 문으로 들어가면…… 살림방이 나오거든요."
박 씨가 긴장된 듯 더듬거리며 말했다. 자신이 내뱉은 말마따나 불길한 생각이 들었던 것이다. 자세히 보니 맞은편 벽 쪽에 작은 손잡이가 달린 작은 문이 보였다.
"그럼, 저 안에 또 방이 있습니까?"
안으로 통하는 방문 역시 잠겨있는 듯 삐거덕거리며 열리지 않았다. 젊은 순경이 침을 꼴깍 소리 내어 삼키고는 심호흡을 들이켰다.
"안에서 잠근 거로 봐……, 안에…… 사람이 있나 보네요."
문을 한참동안 덜거덕거리며 흔들어대더니, 귀를 바싹 문짝에 붙여대고 안쪽의 동정을 살피는 것이었다.
"아무…… 소리도 안 들리는구먼요."
"보이소. 서 사장, 문 좀 열어 보이소!"

박 씨가 다시 문을 요란스레 두드리며 목청껏 불러도 안에서는 여전히 인기척이 없었다.
"왠지 불길한 생각이 드는구먼."
나이 든 순경이 마른 침을 삼키며 내뱉듯 말했다.
"열쇠쟁이 갔나?"
"좀 전에 철문 따고는 갔다 아입니까."
"그럼 어찌 여노?"
"어쩌긴요?"
젊은 순경이 발을 번쩍 들어 문을 냅다 걷어찼다. 그 힘에 문짝의 고리가 빠져나가는 요란한 소리와 함께 문이 반쯤 벌어졌다.
"자, 들어가 보더라고……."

칸막이 안쪽의 좁은 공간은 내부를 분간 못 할 정도로 어두웠다. 그리고 '톡' 쏘는 듯 자극적이면서 역겨운 냄새가 코를 스쳤다.
겨우 전원 스위치를 찾아 켰으나 전기는 이미 끊겨진 듯 불이 들어오지 않았다.
양쪽 벽에 두껍게 드리워진 커튼을 걷어내자 그제야 내부의 모습이 훤히 드러났는데, 온통 어지럽혀져 마치 쓰레기장을 방불케 했다.
개가 싸질러 놓은 듯 말라비틀어진 똥 무더기들이 사방에 수북하게 쌓여있고, 갈기갈기 뜯겨져나간 천 조각과 종이 조각이 어지러이 널려 있었다. 촛농 부스러기들과 형체를 알 수 없을 정도로 씹히고 찢긴 일회용 플라스틱 접시들로 발 디딜 틈조차 없었다.
그리고 쓰레기 사이로 사람의 것으로 보이는 해골과 굵은 뼈들이 여기저기 흩어져 있었고, 바싹 여위어 뼈와 가죽만 남은 채 납작하니 죽어있는 개의 사체도 있었다.

"사람은 간 데없고 웬 뼈다귀들만……. 개도 한 마리 죽어있네?"
젊은 순경이 발 끝으로 뼈들을 한 군데로 모으며 말했다.
"혹시, 이 뼈들이 이 방에 세 들어 살던 사람 꺼 아닐까요?"
나이 든 순경이 개의 사체를 발 끝으로 꾹꾹 밟아보며 중얼거렸다.
"개가 단단하게 굳은 걸로 봐선 죽은 지 오래일세."
한동안의 정적 끝에 젊은 순경이 형사 콜롬보 흉내를 내듯 한마디 했다.
"글쎄……, 사람이 먼저 죽고…… 그리고 나선…… 개가 죽고……. 사람이 먼저 굶어죽고 나선…… 살아남은 개가 배가 고프니깐 죽은 사람을…… 그러니깐 먹을 게 없던 개가 사람의 시체를 뜯어 먹고…… 그리고…… 더 이상 먹을 게 없자 개마저 굶어죽었다는……."
그러면서 히쭉 웃었다. 박 씨도 그 말에 맞장구치듯 큰 소리로 거들었다.
"예, 제 추측도 그런데요."
"어쭈, 양 순경 제법이구먼. 맞어 뼈들이 성치 않은 걸 보면 개가 갉아먹은 게 확실해."
노인의 것으로 추정되는 굵은 뼈다귀는 온전한 게 남아있지 않았을 정도로 심하게 갉혀있었다.
"그러기엔 이거 너무 비참한 거 아닙니까? 이 지경이 되도록 아무도 안 와 봤다는 것……. 그리고…… 결국 이 사람이 죽은 뒤, 개가 그 시체를 파먹었다는 것인데……."
양 순경이 박 씨를 향해 신랄한 어투로 나무라자, 나이 든 순경도 울컥해진 목소리로 박 씨를 쳐다보며 나무랐다.
"아무리 그래도 그렇지…… 한 건물에 살면서 사람이 죽어 개밥이 되도록 그리 몰랐을까이?"
박 씨는 머쓱해진 표정을 짓다가 골을 부리듯 퉁명스레 되받아쳤다.
"누군 이 사람이 백골이 되어 나타날지 어찌 알았슴까? 만나기만 하면 지레 화부터 내지르는 사람을……. 나두 이 사람만 보면 괜히 울화가 치밀어서…… 차라리 안 보는 것이 둘 다 속이 편할 거 같아서……."

방안 살림은 상당히 단출하였다. 속이 텅 빈 자그마한 냉장고 하나와 낡고 투박해 뵈는 책상 높이의 제법 큼직한 나무 장식장 하나가 한쪽 구석에 가지런히 놓여있고, 그 위 쪽 벽에는 남루한 옷가지 몇 벌이 비닐 커버에 씌워져 뽀얀 먼지를 덮어 쓴 채 걸려있었.
장식장 위에는 고장이 났는지 시간도 맞지 않는 자명종 시계가 막 11시 37분을 가리킨 채 놓여있고, 반쯤 내용물이 들어있는 샴푸 통 하나와 라이터 손톱깎이 가위 탈지면 소독약 등등 자질구레한 물건들이 수북하게 담겨있는 바구니 하나가 놓여있었다.
냉장고 옆엔 휴대용 가스렌지와 일회용 빈 가스통 세 개가 놓여있고 바로 그 옆쪽엔 음식물 찌꺼기가 얼룩으로 남아있는 양은 냄비 두 개, 프라이팬 한 개, 스텐 그릇 여섯 개와 짝이 맞지 않는 수저 여러 벌이 어지러이 놓여있었다.
양은 주전자 한 개도 방 한쪽 구석에 뚜껑 따로 뒹굴고 있었는데 속은 말라있었다.
"이봐, 양 순경. 저 나무 책장 속엔 뭐가 들었나 함 살펴 봐. 혹 무슨 유서라도 있는가."
장식장 안에는 여러 벌의 낡고 헤어진 속옷들이 가지런히 정돈된 채로 들어있었고, 그 옷가지 사이에 일기장 몇 권과 사진 등속이 들어

있는 종이 박스가 감춰져 있었다.
"일기장이 있네요. 모두 네 권인데요. 어디 보자……."
양 순경은 일기장 하나 하나를 대충 훑어보았다.
"모두 옛날에 써 논 일기장 같은데요. 이건…… 1962년 4월 12일부터 쓰기 시작해서…… 1964년 11월 18일까지 쓴 거고……, 또 이건…… 1966년 7월 2일부터 쓰기 시작해서…… 1967년 2월 27일까지 쓴 거고……, 에 또…… 이건 1972년 6월 2일부터…… 1977년 5월 2일까지 썼고……, 이건…… 1985년 1월 14일부터…… 89년 4월 21일까지 쓴 걸로……, 보자…… 일기는 옛날 옛적 일기라서 아무런 도움도 안 되겠구먼요."
종이 박스 속에 들어있던 사진들도 끄집어내어 하나 하나 펼쳐보였다. 가족 사진과 아이들 사진, 그리고 여행 가서 찍은 듯한 사진들이 대부분이었다.
"이 양반이 맞아요?"
양 순경이 그중 사진 한 장을 들춰내어 박 씨에게 내보이며 물었다. 40대쯤 되어 보이는 남자가 승용차 운전대를 잡고 손가락으로 브이v자를 표시해 보이는 사진으로, 제법 인상이 선해 보이면서도 일견 지적으로 보이는 사진이었다.
"예, 이 사람 맞긴 한데……, 사진이 실물보담 훨씬 낫네요. 젊었을 때 찍은 사진이라 그런가?"
"글쎄, 유언장이라도 나타나야 자살인지 타살인지 알 수 있을 게 아니야."
"문을 따고서야 겨우 들어올 수 있었는데, 이 안에서 죽은 사람이 타살이란 게 말이 되야죠."
나이 든 순경은 그제사 생각이 난 듯 인상을 쓰며 코를 틀어막았다.

"거 냄새 하나 증말 야리꼴리하네. 이 냄새가 송장 썩는 냄샌 맞나? 문이나 모두 활짝 열어 노소. 너무 역하다. 이봐 양 순경, 담배나 한 대 줘."

박 씨가 잠시 자리를 비우더니 계약서 양식 하나를 들고 나타났다.
"이게 이 사람과의 임대차 계약선데, 보증금 400에 오늘까지 월세만 31개월 치 밀려있네요. 월세만 매달 12만원인데……, 밀린 거 제하면 한 30만원 남으려나?"
"참 엔간하군요. 31개월씩이나 월세가 밀렸다면……, 근데 왜 여지껏 쫓아내지도 않았지요?"
"첨엔 몇 번인가 쫓아낼려고 했는데, 이 양반이 없이는 살아도 별반 악의는 없고……, 글 재주는 진짜 좋드라고요. 써 논 걸 몇 번 봐서 아는데 글은 진짜 재밌게 쓰던데…… 돈이 안 되는 거 같아요. 무엇보다도 혼자 힘겹게 사는 꼴이 넘 안 됐고 넘 불쌍하더라고요. 어차피 전세금도 남아있는 한 어찌되겠지…… 싶은 생각에……."
"흠…… 1948년 10월 24일생이라……. 올해 오십여덟 살이군요. 이름은 서정일이라……. 연고자는 없던가요?"
"글쎄요. 찾아오는 이도 전혀 없었고……, 보아하니 친인척이 있을 리 없지요."
"이 사람, 마지막으로 본 게 언제요?"
"한 석 달 됐나? 몇 번이나 만나려 해도 만날 수가 없으니……."
"주인이란 사람이 어찌 세든 사람한테까지 그리 무심하오?"
"이 양반은 문을 걸어 잠구면 좀처럼 열어주려 하질 않아요. 그리고 가끔씩 개를 끌고 나가면 며칠씩 집을 비우는 경우도 많아서……. 나도 내 집에서 송장 치루게 될 지 어찌 알았겠습니까?"

"집을 비워요? 며칠씩이나……?"
"그래요. 개를 끌고 나가는 걸 몇 번인가 봤거든요. 그리고 며칠씩 인기척이 없을 때가 많아요. 사무실 안에서 숨 죽여 있었던 건 지는 몰라도……."
"그나저나 저 백골이 이 방 쥔 꺼 맞긴 맞는 지 모르것네."
"그렇다고 이 양반이 쓰잘 데 없는 뼈다귀를 사무실로 들라놨을 리는 없을 테고……."
"정확한 것은 뼈다귀랑 개의 사체를 부검해 봐야 알겠지만, 추측컨데 개는 아직 썩지 않은 걸로…… 또 바싹 말라비틀어진 걸로 봐선 한 달 전쯤 죽은 걸로 보이고, 사람은…… 뼈다귀 상태로 보아 그보다 한 달여 더 이전에 죽은 걸로 보이네요."
"어쭈……, 자네 시체에 대해 꽤나 아는 눈칠세, 그려."
"친구 놈 하나가 국과수 해부학실에 근무해서 만나면 하는 얘기가 그 얘기 아입니까? 해서…… 풍월로 주워들은 게 좀 있습죠."
"그려, 일단 강도가 들은 흔적도 엄꼬…… 해서 타살된 게 아닌 자살사로 봐야 할 거구먼. 어쨌든 증거는 그대로 보존하고 서에 들어가면 보고서나 작성해서 본서로 올리게."
"넵, 알겠습니다."
"아, 잠깐만요. 바구니 밑에 요게 있네요. 편지 같기도 하고……."
"함 줘 보게, 뭐라 적혀 있나. 아……, 당신한테 쓴 편진가 보군. 함 읽어봐요. 큰 소리로……."
나이 든 순경이 박 씨에게 조그만 메모지 한 장을 건네었다.

'박영효 사장님.
정말 죽을 죄를 짓고 떠나갑니다. 죄송합니다.

그리고 그동안 베풀어 주신 호의에
진심으로 감사한 마음을 갖고 떠납니다.
저 나름대로 마지막 길을 떠나기 앞서
사무실 청소를 깨끗이 한다고 했는데
나중에 사장님께서 보실 땐 엉망일지 싶습니다.
사무실 보증금에서 밀린 임대료를 제하면
얼마라도 남는 지는 모르겠습니다만,
모자라지는 않을 듯 싶습니다.
혹 얼마라도 남는 금액이 있다면
제가 사용하던 사무실 쓰레기 치우는 비용으로 사용해 주십시오.
사무실 물건은 알아서 처리하십시오.
저는 이제 가벼운 마음으로 훌훌 떠나갑니다.
늘 건강하시고 행복한 가정을 끌어가시길 기원합니다.
2005년 10월 24일
그간의 애물단지 서정일 올림'

"봐요, 이 사람 자살한 지 두 달하고도…… 오늘이 1월 12일이니까……, 두 달 반이 조금 지났나? 제 추측하고 비슷하지요?"
양 순경이 어깨를 으쓱여 보였다.
"맞아, 자넨 대단한 탐구력을 지녔어. 탐구력…… 아니지, 탐구력이 아니라 거 뭐라카지? 추리력…… 그래 그런 걸 지녔구먼. 하여튼 대단한 안목이야. 아예 탐정으로 나서지 그러나? 이제 유서란 게 발견됐으니 이번 사건은 쉽게 매듭 되겠는 걸?"
박 씨도 골 아픈 일이 하나 해결된 듯 표정이 밝아졌다.
"에……, 제가 오늘 저녁에 두 분을 모실까 하는데……, 오늘 저녁 시간 어때요?"
나이 든 순경이 박 씨 어깨를 툭 치고는 헤벌쭉하니 웃으며 말했다.
"우리야 남아도는 게 시간 아니겠수? 좀 좋은데 가서 한 턱 내시구랴. 보증금도 쪼매 남았다 카니……."

그가 남긴 것이라고는 몇 가지 살림에 어울리지 않게 커다란 구식 소파와 책이 그득 꽂힌 책장 두 개, 그리고 여러 개의 시중은행 통장들이 있었으나 모두 잔액이라곤 전혀 없거나 몇 백 원 남짓했다.
주인의 계산에 의하면 전세 보증금에서 밀린 31개월분 월세와 넉 달 치 밀린 수도세 2만 원을 공제하면 24만 원이 그가 세상에 남긴 유산의 전부라 할 수 있는 금액이었다.

7

노인의 것으로 보이는 뼈다귀들과 개의 사체가 실려나가고, 며칠 뒤 한낮쯤 되어 두 명의 청소부가 사무실을 치우러 들어섰다.
30대 중반의 단단해 뵈는 체격의 젊은 청소부와 50대 중반의 호리호리하고 늙수그레한 청소부다.
"이게 뭔 냄새여? 쾌쾌묵은 곰팡내도 아니고……, 소독내인감? 좀 어둡네. 창문부터 활짝 열어 놔."

젊은이는 그 말엔 아랑곳 않고 책장 속의 책들을 살펴보기에 여념이 없었다.
"책장과 책은 내가 집에 가져가도 되것지요? 괜찮아 뵈는 책이 몇 권 있어 보여서……"
50대 중반의 늙수그레한 청소부가 창문을 열다말고 청년을 돌아다 보며 눈을 찡긋했다.
"그럴텨? 대신 한 잔 쏠텡가?"
"하모…… 한 잔 거하니 쏠께요."
"대신 이 소파는 자네가 분해하게."
"그러지요."
"자네 수지 맞았어."

젊은 청소부가 책장 속의 책들을 들어내어 끈으로 묶고 나서, 책장을 들어낼 때 책장 위에 놓여있던 원고 뭉치가 바닥에 쏟아졌.
젊은 청소부는 바닥에 흩어진 원고 가운데 몇 장을 들어 올리며 유심히 살폈다.
"이게 뭐야? 무슨 시인가 소설인가 그런 거 쓴 건가 부네."
그때 방안에서 늙은 청소부의 고함 소리가 들려왔다.
"어이, 이봐. 여기 냉장고 하나 쓸 만한 게 있는데, 갖다 쓰지 않으려나?"
"냉장고는 필요 엄네요."
"그려? 그럼 내가 갖다 쓸까?"
"그렇게 하슈."
잠시후, 젊은 청소부의 시를 낭독하는 목소리가 사무실에 크게 울려 퍼졌다.

미소의 뜰

거기엔
자그마한 둥근 연못이 있고
둘레엔 앙증맞은 흰빛 의자들이 가지런하고
잘 다듬어 놓은 금빛 정원엔
이름 모를 꽃들이 흐드러지고
그 꽃 주위엔 수많은 벌과 나비들이 화려한 군무를 추고
햇살이 유난히 따사로운 양지엔
비눗방울 터뜨리듯 자지러진 미소가 피어오른다
그곳엔 무슨 좋은 일들이 그리 많을까?
세상이 눈부시다는 것을 알고 있음일까?
공기가 서늘하다
하늘이 청명하다
삼라만상이 웃고 있다
정겨운 얼굴들이 해맑아 보인다
사랑이 있기에
행복이 있기에
미소가 쉼 없이 솟구치나 보다.
그 작은 뜰에서도…….

침묵의 저편

1

무슨 꿈자리가 이리도 사나울까? 뒤숭숭하고 요상하기만 하고……. 수없이 소스라치며 지독한 악몽에 시달린 것 같은데, 무슨 꿈이었는지조차 하나도 기억 나질 않으니…….
하여튼 잡으려 드는 뭔가에 쫓겨 무작정 도망만 다니고, 잡히면 깊이를 알 수 없는 섬뜩한 심연으로 내던져 지는 꿈만 자꾸 되풀이 하여 꾼 것만 같다.
온몸이 후줄근한 느낌이니 식은 땀이라도 엔간히 흘렸나 보다. 숱한 꿈자리로 보아 꽤 오랜 시간 잠을 잤을 텐데 피로의 찌끼가 잔뜩 쌓여있는 듯 머리가 지끈거리고 몸이 납덩이처럼 무겁게 가라앉는 기분이다.
간밤에 술을 꽤 많이 마신 탓이라 여겨진다.
'몇 시나 되었을꼬? 이제 일어나 일 나가야지.'
눈이 떠지질 않는다. 이상하다. 아무리 눈을 뜨려 해도 눈꺼풀이 무엇에 의해 단단히 봉인이 된 듯 좀처럼 떠지질 않는다.
'내가 아직도 꿈을 꾸고 있는 건가?'
눈꺼풀 막을 통해 희미한 빛이 감지된다.
반딧불 같은 작은 불꽃 하나가 떠오른다. 불꽃은 시야를 이리저리 오가며 점차 밝아지기도 하고 희미해지기도 한다.
여러 개의 불꽃들이 나타난다.
불꽃끼리 부딪치기도 하고 어우러져 몰려다니다가 사그라지기도 한다. 희미하던 빛이 점점 밝아지더니 검은 빛에 먹히고, 또다시 희미한 빛이 시야를 덮는다.
물줄기가 흐른다.
눈꺼풀과 안구사이의 점액이 빛에 의해 온갖 추상적인 영상을 만들어낸다. 번갯불이 번득일 때 드러나는 지그재그선 형태를 띠고 줄줄 흐르면서 몇 개의 크고 작은 물방울 같은 걸 몰고 다니기도 한다.
생각이 멀쩡하니 분명 꿈결은 아니다.
이런 상황을 두고 비몽사몽이라 하는가 보다. 잠을 깨긴 했으나 조금만 더, 조금만 더……, 라며 일어나기 싫어서 억지 부리는 잠투정과 비슷한 상황이랄까.
정말 이젠 슬슬 일어나야겠다.
'아니 근데, 이건 또 뭐야?'
눈만 떠지지 않는 것이 아니다. 고개도 돌릴 수 없고 손도 들어 올릴 수 없다. 뿐만 아니라 온몸이 시멘트 콘크리트 속에 파묻혀 화석처럼 굳어버린 듯 내 몸 어느 부위도 내 의지대로 움직여주지 않고 감각마저 전혀 느낄 수 없다.
식은땀이 배어 베갯잇이 축축하게 젖어있는 것 같던 느낌도 사실이 아니었나 보다.
무한한 공간에 생각만이 존재하는 것처럼 느껴진다. 죽음 뒤에 맞는 영혼의 세계가 이러할까?
왈칵, 두려움이 몰려온다.
얼마나 시간이 흘렀을까.

허공에 붕 떠있는 기분이다. 무중력 상태의 우주공간을 유영하는 기분이다.
훨훨…… 훨훨…….
'그렇다면 나는 지금도 꿈을 꾸고 있단 말이지?'
다시 머리가 지끈거리며 피로가 엄습해 온다. 아직 잠을 충분히 못 잔듯하다. 조금만 더 자야겠다. 조금만 더…….

잠결에 무슨 소리가 들리는 듯하다.
두런두런하는 건 누군가가 얘기를 주고받는 소리다.
종이를 접을 때 나는 부스럭거리는 소리도 들린다.
톡, 하며 단추를 바닥에 떨어뜨리는 소리도 들려오고 풀 먹인 옷감끼리 스칠 때 나는 버석거리는 소리도 들린다. 바닥에 떨어뜨린 뭔가를 주우려고 몸을 굽힐 때 나는 소리 같기도 하다.
무슨 얘기들을 주고받는 지 소리의 근원지로 청각신경이 곤추선다.
"선생님, 제 생각은 아무래도……."
"물론 그러한 결정을 내리기란 결코 쉽지 않지요. 그렇지만…… 잘 생각해서 결정해야 합니다."
"네, 조금만 더 시간을 주시면……."
뭘 결정해야 한다는 것인지, 왜 시간이 더 필요하다는 것인지 그들의 대화 내용을 언뜻 이해할 수는 없어도 40대쯤으로 여겨지는 남자 목소리와 그보다 조금 젊은 여자의 목소리임엔 틀림없다.
여자의 목소리는 어쩐지 귀에 익다.
'여보시오!'
귀에 익은 여자의 목소리, 내가 알고 있는 여자라 느껴졌다.
나 좀 깨워달라고, 나 좀 일으켜달라고 부탁하고 싶었다.

그런데 입도 얼어붙었는지 반응이 없고, '여보시오'란 말은 머릿속에서만 공허하게 울릴 뿐이다.
발자국 소리와 문이 여닫히는 소리가 들린다. 무슨 소리가 들리는가 싶어 한참이나 기다렸는데 이후론 아무 기척도 없다.
다시 눈을 뜨려고 애를 써 봐도 소용없고 목도 팔다리도 반응 없기론 마찬가지이다.
감각이나 느낌이 전혀 없으니 지금 내가 누워있는 것인지 엎드려있는 것인지조차 분간이 안 된다.
'내가 죽어서 누워있는 것은 아니겠지?'
가슴이 덜컥 내려앉으며 두려움이 솟구친다.
'시체가 되어 관 속에 드러누워 있는 것은 아닐까?'
상중喪中이라면 으레 사람들로 북적거리고 간간이 곡하는 소리도 들려야 하지 않는가. 당연히 향 냄새도 풍겨야 할 것이다. 그런데 조금 전에 들린 몇 마디 말소리 외에는 주위가 너무 조용하다.
내게 의식이 있기에 이렇게 생각할 수도 있고 또 청각이 살아있기에 누군가의 대화를 엿들을 수도 있잖은가. 그러니 아직까진 내가 죽은 것이 아니라 살아있는 것이 분명하다.
'대체 여기가 어딜까? 내가 지금 무슨 일을 당한 걸까?'
아무리 궁리를 해도 내가 이렇게 속수무책으로 있어야 하는 까닭을 모르겠다.
괜히 머릿속이 혼란스럽고 지끈거린다.

언제 나타났는지 망막을 통해 헤아릴 수 없이 많은 투명한 벌레들이 스멀스멀 기어가는 게 보인다.
벌레들이 점점 더 크게 확대되어 나타난다.

마침내 벌레 한 마리가 시야를 다 가릴 만큼 커졌다.
아, 눈알이 쑤셔대기 시작한다. 벌레들이 눈알을 파먹는가보다.
그런데도 졸음이 온다.
잠이 마구 쏟아진다.

문이 열리는 소리가 들리더니 문틀에 뭔가가 툭 부딪치고 가위나 열쇠 등의 쇠붙이가 짤그락거리는 금속성소리가 들린다.
그리고 쇼핑카터를 끌고 다닐 때 나는 소리처럼 '타르르르……' 바퀴 구르는 소리가 다가온다.
뭔가 서늘한 것이 얼굴 쪽으로 다가오는 느낌이 들더니 누군가가 눈꺼풀을 벌리고 들여다 본다.
내려다 보는 눈은 쌍꺼풀진 둥근 눈이다. 눈이 예쁘다는 생각이 문득 든다. 머리를 단정하게 빗어 뒤로 묶었는지 가리마가 중앙에 곧게 가로지른 머리를 하고 있다. 이마도 둥그스름하니 귀엽게 생겼다.
그런데 아는 얼굴인지 모르는 얼굴인지 확신이 서지 않는다.
'누구더라?'
아무리 떠올리려 해도 이 여자에 대한 기억이 전혀 없다. 모르는 여자일 것이란 생각을 한다.
여자의 얼굴이 잠시 시야를 벗어나더니 갑자기 눈이 부셨다. 아주 강한 불빛이다. 아마 플래시로 내 동공을 비춰보는 것 같다. 어지럽다. 은근히 부아가 치밀어 오른다.
'대체 이 여자는 누구야?'
골속에도 식충 벌레들이 잔뜩 파고들어 골을 야금야금 파먹고 있는지 생각만 하려들면 욱씬욱씬 아파온다.

아무 생각 않고 있으면 아프지 않다가도 생각만 하려들면 골이 빠개질 듯 아프다.
쉽게 알아 볼 수 없는 얼굴이라면, 골을 혹사해 가며 그녀가 누구인가를 굳이 알아야 할 필요는 없겠다.
방금까지 기척을 보이던 여자도 어디로 갔는지 갑자기 조용하다. 나가는 기척이 전혀 없었는데…….
내가 여전히 꿈속을 헤매고 있는 중인가.
꿈이라면 너무나 또렷하다. 바퀴달린 물건을 끌며 다가오질 않았던가. 눈꺼풀을 쩍 벌리고 들여다 보고, 또 플래시까지 비추지 않았던가.
머릿속이 뒤숭숭하다. 잠결이니 푹 자고나면 머리가 맑아질 것이다.

몸이 흔들린다. 아주 미약하지만 분명히 몸이 흔들리고 있다는 것을 느낄 수 있다.
위로 아래로, 또는 왼쪽으로 오른쪽으로 불규칙하지만 흔들림은 한동안 이어진다.
잔잔한 호수에서 나룻배를 타고 물결 따라 흔들리는 것 같다. 마치 엄마 품에 안겨 자장가를 듣는 것처럼 포근한 느낌을 준다.
'프륵~! 프러럭, 쪼옥~ 쪽! 퍼러럭~!'
'끄륵~ 끄르륵! 피유욱~!'
갑자기 이상한 소리가 들린다.
어디서 나는 소리인지 알 수는 없지만 꽤 신경을 거슬리게 하는 소리다.
고무 펌프로 뭘 뽑아내는 소리 같기도 하고 짜내는 소리 같기도 하다. 싱크대의 마지막 남은 찌꺼기들이 좁은 구멍으로 뽀르르 빨려

들어가는 소리 같기도 하다.
좀 전에 본 그 여자가 아직 내 곁에 있는가 보다. 그런데 뭘 하기에 언짢은 소리를 내는지 모르겠다.
생각이 한 가지에 머무르질 않고 여러 가닥으로 나뉘어 제멋대로 뻗어간다. 알 수 없는 여러 잔상들이 겹쳐오고 누구라 딱히 떠오르지 않는 목소리들이 마구 뒤섞여 이해할 수 없는 언어로 울려온다.
'이 여자는 대체 누구야? 혹시 간호원 아닌가? 흠……, 간호원 같기도 하고…….'
분명한 것은, 이 여자가 내 눈꺼풀을 벌리고 플래시를 비쳤다는 것이다. 언젠가 티브이에서 의사가 환자의 감긴 눈을 쩍 벌리고 동공에 플래시를 비춰대는 것을 본 적이 있다.
다시 한 번 확인해 보자.
지금 내가 꿈을 꾸고 있는 것이 아니라면 정상이 아닌 것만은 분명하다. 그렇다면 나는 잠 자다 깨어난 게 아니라 혼수 상태로 병원에 입원했다 깨어난 것일 수도 있다.
눈꺼풀도 팔다리도 내 의사와는 달리 아무런 반응을 보이지 않고 실체마저 전혀 느낄 수 없다. 그러니 의식은 멀쩡하게 살아있지만 육신은 내 의지와는 전혀 상관없이 별개처럼 존재한다는 셈이다.
내게 무슨 일이 벌어졌는가를 알아야 한다. 그리고 지금 상황이 어떠한지도 알아야 한다.
꼼꼼히 추리해 본다. 내가 왜 병원이란 곳에 박제가 되어 갇혀있는지 그 가능성을 추정해 본다. 그런데 아무리 떠올리려 해도 기억상실증에 걸린 것처럼 내 지나온 행적은커녕 내가 누군지조차 기억이 나질 않는다.
어떠한 기억도 없는 것으로 보아 갑자기 들이닥친 사고 때문에 머리를 다쳐 기억을 잃었으리라. 뿐만 아니라 몸도 움직일 수 있기는커 녕 감각마저 잃을 만큼 중추신경계가 절단난 모양이다.
'그렇다면……, 난 식물 인간이 되어 누워있었다는 말인가?'
내가 아무리 식물 인간이 되었다는 사실을 부인하려 해도, 지금의 내 상태를 아무리 좋은 쪽으로 이해하려 해도 식물 인간이 가질 수 있는 증상은 모조리 갖고 있다 할 수 있지 않겠는가.
살아있기는 하지만 꼼짝 못 하는 것하며, 아무런 신체적 감각도 느낄 수 없는 것하며…….

얼마나 오랫동안 누워있었는지, 또 지금 상태가 어떠한지 여간 궁금하고 걱정스러운 게 아니다.
골이 또 지끈거리며 쑤셔온다.
달그락거리는 소리가 들린다. 예리한 쇠붙이를 다룰 때 나는 소리다. 수술용 메스와 가위, 집게 등이 맞부딪힐 때 나는 소리 같다.
이러한 금속성 소리는 내 자신을 전혀 방어할 수 없는 상태인 지금의 내게는 가히 위협적으로 들릴 수밖에 없다.
문득, 나는 이미 죽은 것은 아닐까 라는 엉뚱한 불안감이 몰려온다.
난 이미 죽었나 보다. 하나의 주검으로 처리되어 시체실에 처박혀있는 것이다.
내가 의식이 돌아왔다 한들 어느 누구도 나에 대해 신경 쓰질 않는 것이다. 식물 인간보다 더 못한 싸늘한 시체가 되어 누워있는 것이고 누군가 지금 내 시신을 상대로 해부를 하려는 것이다.
'오, 말도 안 돼!'
나는 분명히 살아있다.
자각할 수 없는 다른 신체 기관은 어떤지 몰라도 의식이 돌아왔기에 생각할 수 있을 뿐더러, 들을 수도 있고 볼 수도 있는 것이다.
빨리 눈을 떠서 내가 살아있다는 것을 보여줘야 한다. 벌떡 일어나서 무슨 짓을 하고 있냐며 따져야 한다.
그런데 눈꺼풀은 나의 간절한 바람에도 아랑곳하지 않고 움직이려 하지 않는다. 육신은 이미 제 기능을 잃은 시체가 되어 해부용 재료로 쓰이려 하고 영혼마저 머릿속에 갇혀 꼼짝 못하고 맴도는 꼴이라니……

갑자기 비닐 팩인가 싶은 물건을 탁탁 하고 손가락으로 튕기는 듯한 소리가 들리고 곧이어 가벼운 헛기침 소리도 들린다.
잠시 후 바퀴 구르는 소리가 들리더니 문이 열린다.
문턱에 뭔가가 부딪치는 소리가 들리고 금속성 물체가 서로 부딪치는 소리가 또 들린다. 그리고 문이 닫히는 소리가 들리고 또다시 조용해진다.
살았구나 싶은 안도감과 함께 '하나님, 감사합니다'라는 기도가 절로 나온다.
비록 추측일지언정 그간의 분위기나 내가 처한 상황을 분석해 보면, 내가 몹쓸 병이나 몹쓸 사고를 당하고 의식만 멀쩡하게 살아있는 식물 인간으로서 병실에 누워있는 것이다.
'그렇다면……, 내가 누구인가? 그리고 어떤 삶을 살아왔는가? 내 가족은 어떠한 사람들인가?'
먼저, 기억부터 떠올리려 애를 써 본다. 그러나 아무리 기억을 더듬어보려 해도 내가 누군지조차 기억에 없다.
'내 이름이 뭐였더라?'
'내가 뭘 하던 사람이었지?'

분명한 것은 내가 동물이 아닌 인간, 즉 사람이라는 것하고 여자가 아닌 남자라는 것하고 어린애가 아닌 먹을 만큼 나이를 먹었다는 것하고 이렇게 생각을 할 수도 있다는 것이다.
산도 바다도 강도 코끼리도 사자도 호랑이도 나팔꽃도 백합도 머릿속으로 선명히 그릴 수 있고, 그것들의 이름도 분명하게 댈 수 있다는 것이다.
그렇게 의식이 분명한 데도 내가 누군지 내 이름조차 떠오르지 않는다. 그리고 내게도 알고 지낼만한 사람들 가족이나 친척, 친구들이 있을 텐데 도무지 짙은 안개 속에서 어떤 희미한 형상만을 쫓는 듯 오리무중인 것이다.

2

언뜻 보기에도 섬뜩해 보이는 거대한 시커먼 뭉치 하나가 역시 거대하고도 시커멓게 뻥 뚫린 구멍 앞에 버티고 서서 구멍 속에 나를 자꾸 끌어넣으려 한다. 슬금 슬금 뒤꽁무니 빼려 해도 마찬가지인 것이 늘 제자리 걸음이다.
그 이상한 뭉치는 털이 북슬 북슬하니 도무지 친숙해 질 수 없는 형상이다. 그게 팔인지 다리인지 분간도 안 되는 길게 늘어뜨린 것을 들어 올리며 자꾸 오라는 손짓을 한다.

그 안이 온통 시커멓기만 한 구멍 속 깊숙한 곳에 뭐가 있는지 짐작이 간다. 그래서 더 다가가기가 싫은 것이다.
그 뭉치 또한 무슨 역할을 하는 것인지 짐작이 간다. 그래서 그 곁에 가기가 더 싫은 것이다.
내가 왜 그 뭉치를 따라 그 구멍 속으로 들어가야 한단 말인가.
뭉치에게 빌었다. 간절하게……
'한 번만 봐 주십시오. 제발 한 번만 더 기회를 주십시오.'
'네 이노옴! 네가 지은 죄가 모두 얼마치나 되는지 알고나 하는 소리냐?'
'글쎄요, 잘은 모르겠지만……'
'이런 썩을 놈 같으니라고……. 잘은 모르겠다?'
'네, 남들 다 짓는 만큼은 지었으리라 생각됩니다만, 더 많이 지었다고는 생각 않는데요.'
'에라이 쳐 죽일 놈아! 여기 봐라, 네 놈이 지은 죄 값을……. 똑똑히 보이느냐? 무려 4,732,886기리온Girion에 해당된다. 이러고도 네 놈이 더 좋은 델 부득불 가야 한다는 허튼 생각을 갖고 있다, 그런 말이지?'
'글쎄요. 4,732,886기리온이 얼마나 대단한 건지는 잘 모르겠으나 그깟 걸로 절 판단하려 든다는 것이……'
'네 이노옴! 네 놈의 죄 값은 보통 인간들의 죄 값을 상회하는 수치야. 이제야 알겠느냐?'
'근데……, 기리온이란 게 뭡니까?'
'아니 이놈이 아직도 기리온이 뭔지 몰랐단 말이냐? 1기리온은 남의 뺨을 한 대 때린 값이다. 이제야 알겠느냐?'
'그렇다면 할 말이 더 많습니다. 전 누구 뺨을 때린 적이 전혀 없는

데요.'
'그래? 거짓말 한 번 한 것도 1기리온에 해당되고, 남의 것을 한 가지 탐냈다면 그것도 1기리온에 해당된다. 이제는 할 말이 없을 것이다.'
'네, 그렇다면……, 너무나 많은 죄를 지은 것 같습니다. 그러니 좋은 일도 많이 할 수 있게 한 번만 더 기회를 주십시오. 절대로, 절대로 실망시켜 드리지 않겠습니다.'
'아니다. 네 놈이 흥정하려 들기엔 이미 때를 놓쳤느니라. 그동안 네게 숱한 기회를 주었음에도 넌 그 기회를 모두 놓쳐버렸느니라.'
'전 그 기회를 놓친 게 아니라 그런 기회가 있었는지조차 알지 못했을 뿐입니다. 그러니 기회를 한 번만 더 달라고 이리 사정하는 겁니다.'
'네 이노옴! 말이 너무 많구나. 냉큼 이리 오지 않고 뭐 하느냐?'
 '전 아직 준비가 되어있지 않습니다. 절대로 그리 갈 수가 없습니다.'
'뭐라고? 이놈이 나를 거역하겠다고?'
'……'
'에잇! 요놈 잡았다!'
'으아악~!'

"아빠! 정신 좀 차려 봐요. 아빠!"
내가 또 잠이 들었었나 보다.
머리가 지끈거린다.
참 묘한 꿈이다.
이상한 괴물한테 잡혀서 이상한 구멍 속으로 끌려들어가기 직전에 꿈을 깬 것 같다. 애들 연극놀이 하는 것처럼 마냥 유치하게 느껴지는 웃기는 꿈이다.
그런데 꿈속에서는 괴물한테 잡혔을 때 모든 것이 끝났다는 절망감만 들었었다.
혹시 내가 잠깐이지만 지옥의 입구란 델 갖다 온 것은 아닐까. 죽었다가 깨어났다는 사람들이 흔히 말하던 그 사후의 세계가 실제로 존재한다는 말인가.
"아빠, 저예요, 혜영이……."
아무리 꿈이라 해도 내가 왜 하필이면 지옥으로 끌려가야 한단 말인가. 내가 그간 어떻게 살아왔는 지 내 행적에 대한 기억이 떠오르지 않아 내 죄과에 대해 전혀 알 수는 없지만, 내가 지옥에 가야할 만큼 형편없이 살아 온 것 같지는 않다. 더군다나 남들보다 더 많은 죄를 지었다는 데엔 도무지 납득이 가지 않는다. 지옥에 가야 할 만큼 내가 악질로 살았단 말인가.
한번 진득하니 기억을 떠올려 보자. 내가 도대체 뭘 얼마나 나쁜 짓을 많이 저질렀기로…….
"아빠, 아빠! 제발, 제발 눈 좀 떠 봐요. 저 아빠 딸 혜영이야요."
'혜영이?'
아까부터 누군가가 자꾸 아빠라며 부른다. 혜영이라고 하는 소리도 여러 번 들린듯했다. 나더러 들으라고 하는 소린가 보다.
"아빠, 제 목소리 들리세요? 아빠, 저 혜영이예요. 아빠 딸……."
목소리는 분명히 어린애 목소리다. 열댓쯤은 되었을라나. 혜영이란 여자애가 날더러 자꾸 아빠라고 하는데…….
'그래, 생각이 날 듯 하다. 많이 들어 본 목소리다. 네가 내 딸이고, 내가 네 아빠란 말이냐?'

"아빠, 눈 좀 떠 봐요. 아빠…… 어엉 엉엉엉……."
'네 목소리와 울음 소리를 들어보니 내 기분이 울적해지려 하는구나. 뭔가가 어렴풋이 떠오를 듯 하는 데, 내게 혜영이란 딸이 있었단 말이지. 그런데 아가야, 왜 너에 대한 기억이 전혀 떠오르지 않는가 모르겠구나. 그리고 네게 엄마가 있다면 네 엄마는 지금 어디에 있니? 네 엄마라도 목소리를 내게 들려준다면 혹 내 기억이 되살아날지 모르잖니.'
"아빠아……! 아빠, 정신 차려요."
'나, 귀는 열려있어 지금 네가 말하는 것을 다 듣고 있다. 네 울음소리도……. 그렇지만, 몸이 움직여주질 않는구나. 얼마나 더 이러고 있어야 하는 건지 나도 답답해서 미칠 지경이다.'
"아빠, 이대로 가시면 안 돼요. 빨리 정신 차리세요. 엉엉엉……."
'아가야 울지 말고 조금만 참아봐라. 내 정신은 이렇게 말짱하니 이제 눈이라도 떠야겠다.'
"아빠아……!"
'눈만이라도 뜰 수 있었으면 좋겠는데……. 내가 누군지도 기억이 나질 않으니 이런 낭패가 어디 있겠냐. 하긴 이런 꼴로 있으면서 내 이름이 뭐든 내가 어떤 놈이든 그딴 것이 지금 뭐가 그리 중요하겠니. 때가 되면 어련히 알게 되겠지. 꿈속을 헤매는 중이라면 잠에서 깨어나면 될 것이고, 식물 인간으로 누워있는 것이라면 의식은 회복되었으니 언젠가는 일어날 수 있다는 것이고, 죽어서 허공에 부유 중이라면 그것 또한 웃기는 노릇이지만…….'

문이 덜컹 열리는 소리가 나면서 여러 사람들의 목소리에 뒤섞여 발자국 소리며 옷자락 날리는 소리며 시끌시끌한 소리들이 몰려들려온다.
"최 간호사, 시추에이션Situation은?"
"변화 없습니다."
"심전도心電圖도?"
"네, 마찬가지로 아무 이상 없습니다."
"……"
"선생님, 이제 결정했습니다. 저로서는…… 죄송합니다."
귀에 익은 여자의 목소리가 다시 들려온다.
그런데 뭐가 죄송하다는 것인지…….
"아닙니다. 올바른 선택을 하신 겁니다."
"이 죄를 어찌 씻어야 할 지……."
"너무 자책하지 마세요. 어쩔 수 없는 상황 아닙니까?"
"선생님……."
"지난 3년여 지켜봤지만, 더 이상 호전될 기미를 보이지 않으니……."
"네."
"어제 오후에 실시한 뇌파 검사나 신경학적 검사, 엠알아이MRI검사 등 여러 검사 결과를 놓고 보면 전혀 차도가 없으니 더 이상 호전되리라 기대하기는 어렵습니다. 오히려 시간이 지날수록 악화될 가능성만 더 높지요."
"네."
"오늘 아침 신경외과 마취과 내과 전문의들이 모여 결론 지은 종합적 소견으로는 소생할 가망성이 전혀 없다는 겁니다."

'이건 필경 나를 두고 하는 소리로군. 소생할 가능성이 전혀 없다

고? 이렇게 멀쩡하게 살아있는 데도?'
억장 무너지는 소리를 뻔히 듣고도 항변은커녕 '나, 아직은 살아 있소'라는 움직임조차 보여줄 수 없으니…….
"아빠, 정신 차려 봐요. 저 혜영이예요. 아빠, 아빠!"
'혜영이…… 혜영이…….'
그래, 분명한 것은 내게 혜영이란 딸이 있다는 것이다.
무척이나 친숙하게 느껴지는 이름이라 내가 지어 준 이름이 틀림없을 것이다. 그러나 아무리 떠올리려 해도 정작 혜영이의 모습은 떠오르지 않는다.
"아빠, 눈 좀 떠 봐요. 아님, 손가락이라도 까딱여 봐요."
"혜영아, 다 쓸데없는 짓이다. 이제 우리 단념하자. 아빠 더 이상 붙잡지 말고 편안하게 가시라고 놓아드리자."
'이런, 나 아직 이렇게 멀쩡하게 살아있는데 뭐? 편안히 가시게 놔드리자고?'
생각 같아서는 자리에서 벌떡 일어나 '이봐, 나 이렇게 멀쩡하잖아'라고 따지고 싶어도 내 몸뚱이란 것은 내 의지와는 달리 꼼짝도 하려들지 않는다.
눈이라도 뜰 수 있다면, 손가락 하나라도 꼼지락거릴 수만 있다면 이렇듯 송장 취급은 당하지 않을 텐데 말이다.
또 머리가 욱신 욱신 아파온다.
골을 파 먹는 식충 벌레들이 떼를 지어 공격을 하는가보다.
진짜 지독하고 악랄한 놈들이다.

"자, 그럼 제 방으로 가서 나머지 서류를 마저 정리합시다."
"네, 그럼 잠시 후에 찾아뵐 게요."

동시에 여러 발자국 소리가 들리고 문이 열렸다 닫히는 소리가 들린다.
"아빠, 아빠! 정신 좀 차려 봐요."
"혜영아, 이제 아빠는 우리 곁을 떠나실 때가 된 거야. 그러니 우리 의연해지자. 아빠가 없더라도 우리가 꿋꿋하게 사는 모습을 보여드려야 천국에 가신 아빠가 내려다보며 안도하실 게 아니겠니."
"엄마, 아빤 정말 죽게 되는 거예요?"
"그래, 이젠 우리로서도 더 이상 어쩔 수 없는 상황에 와 있는 것 같다."
"아빠!"
"자, 그만 일어나자. 엄마랑 같이 선생님 뵈러가야지."
타박 타박 발자국 소리가 들린다.
문이 여닫히는 소리가 들리고 주위는 다시 조용해진다.

문득 초침 돌아가는 소리가 '따깍 따깍……' 일정한 간격으로 다가온다. 좀 전까지는 전혀 의식하지 못했던 소리다.
초침소리는 점점 크게 울린다. 어디론가 알 수 없는 곳을 향하여 나아가도록 끊임없이 재촉하는 것이 마치 카운터다운을 헤아리는 소리처럼 들린다.
'따깍 따깍 따깍 따깍 따깍 따깍……'
말발굽 소리처럼 다가오던 소리가 차츰 멀어지더니 아득히 사라진다.
문득 '시간이란 것이 과연 존재할까'라는 의문이 든다.
시간은 고여 있는 물과 같다고 느껴진다.
그냥 있을 뿐이지 흐르는 것은 아니다. 그 고여 있는 물에 돌을 던져

파문을 일으키고 그 파문의 번짐을 시간의 흐름이라 착각하는 것인지도 모른다.
그렇듯 인간의 삶과 죽음이, 모든 생성과 소멸이 시작과 끝이 아니라 수미쌍관首尾雙關으로 맞물려 돌아간다는 느낌이 한 장의 만다라曼陀羅처럼 스치고 지나간다.

미간을 잔뜩 찌푸린 채 죽은 듯이 누워있는 나를 내려다 본다.
얼굴은 핏기하나 없이 마냥 창백하다.
머리를 바이스로 고정시켜 놓고 수술용 톱으로 두개골 윗부분을 돌려가며 톱질해 간다.
'스륵 스륵 스륵……'
빙 돌려가며 절단을 끝낸다.
이제 머리카락을 움켜쥐고 냄비뚜껑 열듯이 따진 두개골 꼭지를 열어 본다.
호두알같이 굵은 주름이 잡힌 골이 눈에 들어온다. 물기를 머금은 골은 연한 회색빛이다.
돋보기로 들여다 본다. 온통 형형색색의 벌레투성이이다.
미로처럼 오골오골한 뇌의 표면에 달라붙어 물어 뜯는 놈, 뇌 속까지 파 먹고 들어앉은 놈, 뇌수에 둥둥 뜬 채 느긋한 여유를 부리는 놈, 하여튼 수천 마리도 넘어 보일 듯 무리지어 바글거린다.
내 해골 속을 저들 세상인양 미친 듯이 헤집고 돌아다니며 축제를 벌이는 모양이 가관이다.
핀셋으로 놈들을 하나씩 들어올린다.
잡힌 놈들은 봐 달라며 아우성이다.
나를 아프게 한 놈들, 내 골을 파먹던 놈들, 내 생각의 가닥을 마구 토막 낸 놈들을 그냥 놔둘 수야 없지.
'요놈들, 모조리 잡아내어 몸뚱이를 터뜨려 죽이고 말 거다.'

"아빠! 이제 그만 일어나요."
한참 벌레 잡기에 정신없는 나를 또 불러내는 소리가 들린다.
혜영이다. 내 딸 혜영이가 아득한 곳에서 나를 부르고 있다.
'그래 이제야 확실하게 생각났다. 혜영이, 좀 전에 울고불고 하던 애가 혜영이다. 내 외동딸 민혜영이……. 이제야 겨우 생각해 냈구나.'
기분이 좋아진다.
아주 어려운 수수께끼를 풀어냈을 때의 그 홀가분함이랄까. 어쨌든 실타래의 꼬인 매듭이 풀리면서 하나씩 풀려가는 그런 기분이다.
'그럼, 애 엄마는 이름이 뭐더라?'
아무리 기억을 더듬어 봐도 마누라의 이름이나 마누라에 대한 기억은 가물가물하여 좀처럼 윤곽이 잡히지 않는다.
딸애 이름이 민혜영이라면 내 성은 당연히 민 씨라는 얘긴데…….
그래도 내 이름은 여전히 기억 밖으로 밀려나 있다.
'그까짓 이름이 뭔 대수라고……. 이름 때문에 그리 고민이라면, 일단 이름이 기억날 때까진 내 이름을 Q라고 정할까? 그래, Q도 괜찮은 이름이다. 그럼, 이제부턴 내 이름은 Q다.'
짓고 보니 그럴듯하다. 닥터 K니 미스터 M이니 흔히들 이름을 밝힐 수 없는 경우엔 영문 이니셜Initial을 갖다 붙이질 않던가.
A나 B나 C나, 뭐 F나 G나 H나 하는 따위보다는 Q가 훨씬 그럴듯하다.
강하게 발음되는 것도 멋지고 동그라미 안에 꼬리 같은 게 붙어있는 글자 모양도 그럴싸하다.

아큐정전阿Q正傳이란 소설이 떠오른다.
그 소설의 주인공 이름 아큐에도 Q자가 들어있다.
그리고 보니 Q란 글자도 꽤나 재미있는 스펠링이다. 영락없이 입을 쩍 벌리고 혓바닥을 날름거리는 모양이다.
그뿐인가? 의문을 나타내는 퀘스쳔Question의 약자이기도 하다.
'기억을 잃어버린 사나이 Q'
참으로 그럴듯하다는 생각이 든다.

3

'이젠, 준비가 다 되었겠지?'
'억울합니다. 전 너무 억울합니다.'
'억울하다느니 부당하다느니 하는 소리는 너무 들어 넌덜머리가 난다. 아무리 공정하게 죄 값을 치르게 해도 고맙다고 하는 놈 하나도 못 봤다.'
'전 너무 억울해요. 내 과거는커녕 내 이름조차 모르고 내 생을 끝장 낸다는 것이 너무 억울해요.'
'오냐, 그깟 이름을 기억 못 해 억울하다면 네 이름 정도는 기억나도록 해 주마. 이제 나와 함께 가는 거다.'
뭉치의 몸과 한 덩어리가 되어 시커먼 구멍 속으로 빨려 들어간다.

아무런 의식이 없다. 따라서 아무것도 느낄 수 없고 아무것도 감지할 수 없다.
칠흑 같은 어둠만 존재하고 마냥 공허하기만한데 뼈 속까지 스며드는 절망감은 어디에서 오는가.
머리카락이 곤두서는 듯한 두려움은 어디에서 오는가.
어디선가 사각거리는 소리가 들려오는 듯하다. 그 소리는 점점 떼를 지어 들려오고 점점 커진다.
'사각 사각 사각 사각……'
거머리다.
숱한 거머리들이 온몸을 덮고 있다.
입속으로도 콧구멍 속으로도 눈 속으로도 구멍마다 거머리들이 파고 들어온다.
살갗을 뚫고도 들어온다.
'사각 사각 사각 사각 사각 사각……'
'사각 사각 사각 사각 사각 사각 사각 사각……'
'사각 사각 사각 사각 사각 사각 사각 사각 사각 사각……'

사람들의 목소리가 들려온다.
처음엔 벌떼들이 멀리서 윙윙거리는 듯한 소리로 들리더니 점차 목소리를 분간할 수 있을 만큼 또렷이 들려오기 시작한다.
"마음의 준비는 다 되셨겠지요?"
"네."
"엄마, 아빠 넘 불쌍해요."
"그럼……."
"……."

'혜영아!'
말을 토해내려 안간힘을 써 본다. 그러나 생각뿐이다.
'혜영아!'
그때 혜영이의 들뜬 목소리가 들려온다.
"엄마! 방금 아빠 입 봤어?"
"왜 그러니?"
"아빠 입술이 움직인 걸 봤느냐고?"
"얘는……, 아빠는 이미 죽은 사람이나 마찬가지인데 입술을 어떻게 움직이냐? 괜히 헛게 보인 게지."
"아니야, 분명히 봤어. 입술이 달싹했는 걸."
내가 입술을 움직여 보인 것을 혜영이가 놓치지 않고 발견했나 보다. 이렇게 의식이 말짱하여 사람들이 주고받는 대화를 들을 수 있고, 또 입술까지 움직일 수 있으니 자꾸 시도하다 보면 말문도 열리게 될 것이다.
"의식 불명의 환자라도 무의식적으로 움직일 수 있다지 않니."
"그건 나도 알아. 하지만, 방금 아빠가 움직인 건 손가락도 팔다리도 아닌 입술이라고……. 아빤 분명히 무슨 말인가를 하려고 입술을 움직였던 거야."
"학생, 어머니 말씀이 맞아요. 이 환자의 경우 과다 뇌출혈로 인해 이미 오래전부터 의식이나 자율적 운동성을 모두 상실했다고 보면 됩니다."
"……."
"입술을 달싹거린다거나 눈을 부릅뜬다거나 손가락을 까딱거린다거나 기타 신체 부위 일부가 어쩌다 움직이는 경우가 더러 있습니다만, 그건 환자의 의지로 인한 것이 아니고 신경 수축이나 기타 신경

자극에 의해 힘줄이 땅겨서 생기는 현상이에요."
"……."
"네, 선생님. 이제 그런 얘기는 그만하세요."
"네, 그럼, 마지막 길을 준비하겠습니다."
"……."
"최 간호사, 호흡기 제거 해."
"……."
"네, 인공 호흡기 제거했습니다."

아니, 멀쩡하게 살아있는 사람더러 죽었다고 제멋대로 판정하는 법이 어디 있나.
'여보, 안 돼! 나 아직 멀쩡하다고……, 살아있단 말이야!'
아무리 소리치려 해도 소용없고, 아무리 몸을 뒤채려 해도 꿈쩍 않기론 마찬가지다.
'나, 죽지 않았다고……. 나 좀 봐! 이제 기억이 겨우 돌아오기 시작했는데……. 이러면 안 돼! 나 좀 살려 줘! 사람 살려! 사람 살려어……!'
'삐———————————'
예리한 신호음이 길게 이어진다.
'사람 살려! 혜영아! 아빤 안 죽었다. 아직까진 살아 있다구. 사람 살려! 사람 살려어!'
아무리 외쳐도 내 안의 절규는 내 안에 맴돌기만 한다.
입술 또한 더 이상 움직이려 들지 않는다.
"생명 유지장치 모두 제거했습니다."
"이제 컨퍼런스Conference 들어가야지? 암튼 서둘러."

"네!"
"그럼, 우리 먼저……."
"네, 선생님 수고 많으셨어요."
소란스럽게 움직이는 발자국 소리가 문밖으로 사라진다.
아내의 목소리가 들린다.
"여보, 혜영 아빠, 미안해요. 흑, 정말 미안해요. 흐흑!"
"아빠, 아빠……!"
"으흐흑……!"
아내의 흐느끼는 소리가 들린다.
혜영이의 울음 소리도 들린다.
그들의 울음 소리가 아득하게 들린다.

아, 졸립다. 자꾸 졸음이 쏟아진다. 이러면 안 되는데…….

누군가가 나직하고도 음산한 목소리로 속삭인다.

'민 채 득…….'
'민채득? 민채득! 이제야 기억이 나는구나. 내 이름이 민채득인 것을……. 그래, 내가 바로 민채득이다. 민채득이……, 민채득 민채득 민채득 민채…… 득 민…… 채…… 득…… 민…… 채…… 드…… 으…….'

김영찬(金永燦) 중편소설집

초판인쇄	2019년 9월 10일
지은이	김영찬(金永燦)
주소	48729 / 부산광역시 동구 중앙대로 308번길 7-3 / 부산인쇄조합 3층
휴대폰	010-3593-7131
이메일	sahachanchan@hanmail.net
발행인	김영찬(金永燦)
편집인	김종화(金鍾和)
디자인	월간 「부산문학」 디자인팀 / 데코·브레인
출판·인쇄처	도서출판 한글그라픽스
기획·발행처	도서출판 한국인	도서출판 부산문학
등록번호	제2014-000004호
주소	부산광역시 동구 중앙대로 308번길 7-3 / 주식회사 한국인
전화	(051)929-7131, 441-3515
팩스	(051)917-7131, 441-2493
홈페이지	http://www.mkorean.com	http://www.busanmunhak.com
이메일	sahachan@naver.com
가격	15,000원
ISBN	978-89-94001-24-1 (03810)
CIP	2019035632
	이 도서의 국립중앙도서관 출판예정도서목록(CIP)은 서지정보유통지원시스템 홈페이지(http://seoji.nl.go.kr)와 국가자료공동목록시스템(http://www.nl.go.kr/kolisnet)에서 이용하실 수 있습니다.

ⓒ 김영찬 2019, Printed in Korea.
이 책은 저작권법에 따라 보호 받는 저작물이므로 무단전재와 무단복제를 금지하며,
이 책 내용의 전부 또는 일부를 이용하려면 반드시 저작권자인 저자와
도서출판 한국인의 서면 동의를 받아야 합니다.
파본이나 잘못된 책은 구입처에서 교환해 드립니다.

본 도서는 2019년 부산광역시, 부산문화재단 지역문화예술특성화지원사업으로 지원을 받았습니다.